津沽名家詩文叢刊第十二種

主編　王振良

沽上梅花詩社存稿

孫愛霞　整理

天津出版傳媒集團
天津古籍出版社

圖書在版編目(CIP)數據

沽上梅花詩社存稿 / 孫愛霞整理. -- 天津 : 天津古籍出版社, 2019.8
(津沽名家詩文叢刊 / 王振良主編)
ISBN 978-7-5528-0819-3

Ⅰ.①沽… Ⅱ.①孫… Ⅲ.①古典詩歌—詩集—中國—清代 Ⅳ.①I222.749

中國版本圖書館 CIP 數據核字(2019)第 128130 號

沽上梅花詩社存稿

GUSHANG MEIHUA SHISHE CUNGAO

孫愛霞 整理

出版人/ 張瑋

*

天津古籍出版社出版
(天津市西康路 35 號　郵政編碼:300051)
http:// www.tjabc.net
天津市天辦行通數碼印刷有限公司印刷
全國新華書店發行
開本 880 毫米×1230 毫米　印張 12　字數 192 千字
2019 年 8 月第 1 版　2019 年 8 月第 1 次印刷
ISBN 978-7-5528-0819-3

定　價: 88.00 圓

津沽名家詩文叢刊總序

李劍國

國人素重鄉邦文，方志多立《藝文志》，著録本地述作。至有薈萃前賢文集撰著，郡邑叢書作焉。明人海鹽樊維城纂輯《鹽邑志林》，開啓風氣，而清世、民國爲盛，若《畿輔叢書》《吴興叢書》《武林掌故叢編》《貴池先哲遺書》等，多達七八十種。郡邑書之纂，劉世珩《貴池先哲遺書序目》嘗云：『所以景仰前賢，嘉惠後學，乃士大夫鄉里所應爲之事也。』昔元代婺州蘭溪人編《敬鄉録》十四卷，録其鄉賢詩文。而民國永嘉黄群輯鄉賢著作，亦以《敬鄉樓叢書》爲名。『敬鄉』者，本《詩經·小雅·小弁》：『維桑與梓，必恭敬止。』郡邑之編，皆以見本鄉人杰地靈，文物之盛，寄托桑梓之情也。

較之古邑名都，天津建邑未久，明永樂二年（一四〇四）始置天津衛，于今方六百餘年。雍正二年（一七二四）升衛爲州，九年（一七三一）復升爲府，轄六縣一州。逮乎清季，直隸總督駐于津城，李鴻章、袁世凱相繼于此興辦洋務、新政。光緒二十六年（一九〇〇），天津陷于八國聯軍，淪爲列强租界。自此九河下梢之地，乃成百里洋場之都，天府津渡，工商重鎮，達官遺老蟻聚，騷人墨客麇集，物華之繁，超乎往昔矣。

《天津志略·文藝》云：『天津雖爲通都大埠，民風稍涉奢華，但澹泊致遠之士仍守本樸，鄙物質之享樂，而致力于藝術之陶冶，而度其「富貴如不可求，從吾所欲」之生活。以言著作，則歷代之文存詩稿，多如恒河沙數。……今日争以奢侈相炫，食多珍饈，衣錦晝行，惟三津尚發越前光，綿綿不墜，實晚近不數睹之邦矣。』津人藝文之作，《天津縣新志》著録明清二百七十七人、五百三十種。《天津志略》復益三十六人、七十二種。金大本《津人著述存目》乃增至四百人，著述近千。今人高洪鈞氏編著《天津藝文志》，又增入天津所轄郊縣鄉人著作，凡得著作千五百種左右，作者六百餘人。此中大部爲清世、民國人，三百年之文質彬彬，洵爲大觀也。

今存津人詩文别集，以康熙間刻龍震《玉紅草堂集》爲早，此後所存者甚衆，惜乎單部零種，未及彙編，管中一斑，難窺全豹。方今各地學人頗重本土文獻之整理研究，地方出版社亦引爲己任。吾津文事繁充，撰作衆多，自應不愧前賢，免落後塵。所幸者王振良君與問津書院同儕，正着手編輯《津沽名家詩文叢刊》，搜集整理王煐、查爲仁、梅成棟、楊光儀、嚴修、王守恂、華世奎、章鈺、郭則澐、李金藻、蘇星橋、陳誦洛等津人詩文集，將陸續出版，以彰顯津門藝文之盛。振良本吉林人，受業于南開，從事于報社。久居津城，認作故鄉，舊事新聞，諳熟于心。與同氣編輯《天津記憶》《品報》《問津》，十數年孜孜矻矻，鍥而不捨，世所难能，其志可嘉。而津沽名家詩文之刊，尤爲盛舉，誠儒林雅事，津門之幸也。

余生山右，讀書教學于南開已四十餘年，然居于斯而昧于斯，話及津事，每茫茫然。幸振良常臨陋室，聆其高論，閱其文編，津門數百年之事，遂知一二。前時振良索序，以弁叢刊之首。今稽考文獻，粗陳陋見，庶免『夏蟲語冰』之譏爾。

甲午歲清明後一日草于釣雪齋

（李劍國，南開大學文學院教授、博士生導師）

社聯南北　誼切苔岑——《沽上梅花詩社存稿》整理本前言

孫愛霞

《沽上梅花詩社存稿》是清朝道光年間天津梅花詩社的作品總集，涉及詩、詞、曲、文等體裁，共二十集。梅花詩社出現于道光年間，是天津文學史上影響較大、輻射範圍較廣的詩社，加之成員多爲運河兩岸人士，因此《沽上梅花詩社存稿》不僅見證了彼時津門人文之盛，造就了天津城市雅文化的基因，而且成爲了運河文脉的重要組成部分。

一、梅花詩社述略

天津雅集之風，始于清初遂閑堂，盛于雍正、乾隆時期的水西莊。水西之後，此風稍歇。至梅花詩社出現，則又是一次高潮。梅花詩社并非憑空出現，其前身係沽上硯廬社。梅成棟所撰《梅花詩社序》云：『沽上梅花社，創始于硯廬。道光甲申、乙酉間，慶雲崔念堂同門游于津，時與高寄泉、陳石生、陸秋生、李采軒結社于余竹泉老人之十硯廬，時號硯廬社，主客七人，此《竹林七君咏》之所由作也。』由這段文字可知，硯廬社是梅花詩社的前身，其成立時間在一八二四至一八二五年之間，結社地點在余竹泉之十硯廬，遂號曰『硯廬社』。但梅成棟對硯廬社成立時間的描述不够精確，高繼珩《梅花社啓》中有相對準確的表述：『往者太歲在酉，良契屢申，曾聯香火之因，共建硯廬之社。』據此可知，硯廬社應成立于一八二四年農曆八月。

硯廬社有慶雲崔旭、錢塘陸鳳鈞、山陰陳光緒、天津李雲楣、寶坻高繼珩以及余廷霖等『主客七人』，足見其成員數量實在不多。硯廬社不僅成員數量少，而且存續時間也較短，前後不過兩年。梅成棟云：『丙戌之春，念堂需次山右。是年冬，山陰張杏史、新建翁寄塘兩孝廉僑寓津門，艷其事，復結社于問津書院之雙槐軒。時主講爲丹徒徐楊小梅先生，衆推僕爲祭酒。啓社正當梅花開時，故號爲梅花社。預是會者，凡得十九人。歷丁亥迄乙未，九年之内南北詩人散聚不一，接續入社者共得四十有□人。』[一] 據這段文字可知，一八二六年春，慶雲崔旭離開天津『需

[一]按：原文脱一字。

次山右』，硯廬社活動日漸消歇。一八二六年冬，山陰張世光、新建翁紹海僑寓津門，欣慕硯廬社之風雅，便與梅成棟、徐楊緒，并硯廬社除却崔旭之外的成員，又一起結社于問津書院雙槐書屋，正式成立梅花詩社。之所以稱爲『梅花詩社』，是因爲『啓社』之時恰逢梅花開放，故名曰『梅花詩社』。梅花詩社成立後，梅成棟被推爲祭酒，張世光《分題諸咏小引》中有云：『命儔嘯侶，指苔岑以同參；送觴分箋，喚梨雲而欲起。征故事于昔彦，托清韵于臞仙。琴樽不孤，笙歌無沸，梅花詩社可謂兼之。宴留寒竹之名，人叶固松之數。誰爲領袖？群推縣尉。』原文在『群推縣尉』後有注云：『樹君先生爲盟主，齒亦最尊。』據這段文字可知，彼時梅花詩社有成員十八人，以縣尉梅成棟年齡最長，被大家推爲祭酒。

關于梅花詩社成立之動因，梅成棟與高繼珩的記述似乎不一致，如梅成棟《梅花詩社序》中說：『山陰張杏史、新建翁寄塘兩孝廉僑寓津門，艷其事，復結社于問津書院之雙槐軒。』而高繼珩《梅花社啓》中則云：『梅樹君先生抱冰爲心，裁花作骨。慨大雅之不作，懼斯文之就湮。爰招寓公，并集里彦，大作無遮之會，同參現在之緣。』梅成棟把詩社成立之動因歸結于張世光、翁紹海欣慕硯廬社之雅集，而高繼珩則認爲梅成棟纔是詩社成立的關鍵人物，因其具有『抱冰爲心，裁花作骨』

之特質，且有『慨大雅之不作，懼斯文之就湮』的責任感，故而能够招邀寓公里彦，大作『無遮之會』。如此，到底是高繼珩記述的準確，還是梅成棟描述的真實呢？私意以爲：二人所述都是事實，衹不過角度不同而已。較之梅成棟，高繼珩無疑是晚輩後學，因爲梅成棟出生于一七七六年，長高繼珩四十二歲。這也就不難理解高繼珩《梅花社啓》中對梅社祭酒梅成棟的推尊之意。而梅成棟以梅花詩社祭酒的身份來撰寫《梅花詩社序》，自然對欣慕硯廬風雅之梅花詩社成員重點推介，由此可證成立梅花詩社乃同道之共識。雖然角度與着重點不同，但僑寓津門之同道的主觀願望，加之梅成棟的資歷、學養所形成的號召力，終是梅花詩社能够出現于天津文壇的重要因素。關于這一點，也有旁證，如梅成棟在其《梅花詩社序》中説道：『沽上文壇風雅之事，一盛于國初張魯庵方伯之遂閑堂，再盛于查蓮坡居士之水西莊。乾隆間紹其風者，猶有張氏嘯岩之思源莊、李氏雲亭之寓游園。遂閑上客則爲蓮洋、秋谷諸公，水西莊則有厲樊榭、萬循初、汪槐塘、周月東、劉紫仙諸君子。其後思源、寓游則爲邑先輩康達夫、吴念湖、查松亭、金芥舟、周大迂、郝石臞、金野田諸先生也。時吾郡生計充裕，人情茂美，以風雅爲重。故一時通人宿儒、名士高流之來游者，争爲延款，投轄贈鞭，殆無虚日。數十年來，風流頓歇。棟生也晚，未逢其盛，且一介寒素，學殖甚淺，僅于癖嗜篇章，抱殘守缺而已。乃來游于津者，不弃謭陋，推襟送抱、唱和投贈之作絡繹不絶。』這段文字可以看作是高繼珩『梅樹君先生抱冰爲心，裁花作骨。慨大雅之不作，懼斯文之就湮。爰招寓公，并集里彦，大作無遮之會』的注脚，也是梅花詩社能够成立之佐證。换言之，梅成棟欽慕于天津歷史上遂閑堂、水西莊的風雅之盛，而感慨于『數十年來，風流頓歇』，在『來游于津者，不弃謭陋，推襟送抱、唱和投贈之作絡繹不絶』的條件下，纔成立了梅花詩社。

梅花詩社存續了十年之久，自丙戌至丙申：梅花詩社成立于一八二六年，而《沽上梅花詩社存稿》最後一卷是關于送别梅成棟的主題，時在丙申歲（一八三六）。因此，梅花詩社的存續時間應在丙戌至丙申年間，整整十年的時間。不過，梅成棟在《梅花詩社序》中有這樣一句話：『歷丁亥迄乙未，九年之内，南北詩人散聚不一。』此『九年』之説，應指詩社成立後主要活動的年歲。

據《沽上梅花社存稿》記載，梅花詩社成員最多時達到四十多人，且多是運河沿綫人士，如天津本地人梅成棟、梅寶璐、姚承恩、姚承奉、沈兆瀛、金淳、高繼珩、王崇綬、賀兆魁、吴之彦、李雲楣、李雲櫰、姜鍾喆等人。天津是大運河沿綫的重要城市，天津文人自然也屬于大運河文人，這一點毋庸置疑。而僑寓津門的梅花詩社成員張世光、崔旭、余廷霖、唐瀓、陸鳳鈞、沈湘、翁紹海、徐楊緒、范圻、凌泰磐、楊秉一、錢步文、李耀琛等人，大多也是運河沿岸人士。諸如張世光、余廷霖都是山陰人氏，山陰係現今紹興，處于運河故道；陸鳳鈞、沈湘都是浙江人，也屬于大運河人士；崔旭是山東德州人，德州也是大運河沿綫的重要地區；徐楊緒爲江蘇丹徒人，丹徒是京杭大運河的重要碼頭；范圻爲宛平人，宛平隸屬于北京，是大運河的北部終點，等等。因爲有京杭大運河，所以運河兩岸的文人南北往來相對便利，如陸鳳鈞就曾買舟順運河南下歸里。從這一點上説，大運河促成了南北文人之間的交流，而梅花詩社的出現則起到了『社聯南北』的作用。

梅花詩社成立之後活動頻繁，地點多在水西莊。『同人宴集多在城西之芥園，乃水西莊之遺趾也，林亭之勝甲一郡。每屆花時，觴咏于此，水榭雲廊，簪裾滿座，飛箋鬥盞，歌板棋奩，濡墨揮毫，吟賞于花竹苔石之間，流連竟日。』由此可見，梅花詩社也是當時沽上寓公里彦的精神家園，構建了一處雅文學勝地。而等到後來梅花詩社成員各有各的人生緣法，如有科場登第者、入幕府者及主政一方者，社集就減少了，正如高繼珩《梅花社啓》中所描述的那樣：『無何而摶沙易散，贈策爲勞；鷗盟未寒，驪歌叠唱。或折腰于五斗，綬綰花封；或糊口于四方，掟刀蓮幕；

或返武林之棹，侶賓雁以言旋；或思鑒湖之蒓，動季鷹之歸興。』高繼珩所言雖係硯盧社詩人之人生緣法，然亦是梅花詩社成員最終之際遇，而等到祭酒梅成棟調任永平時，梅花詩社活動就消歇了。梅成棟在《梅花詩社序》中説：『數年來，社中諸友鸞翔鳳舉，登賢書、棲南宮、游詞館而宰名區者，指不勝屈。文運之興，江北爲最。及余之來永平也，匏繫一官，塊然寡偶。』梅花詩社存在了十年之久，期間所有成員的文學作品被搜集整理成二十集《沽上梅花詩社存稿》，而此《沽上梅花詩社存稿》則又成爲梅花詩社存在的明證。

二、《沽上梅花詩社存稿》研究

流傳下來的《沽上梅花詩社存稿》係清抄本，由梅花詩社成員王崇綬校刊，缺第十二至十五集。就現存的十六集而言，《沽上梅花詩社存稿》向後人展示了道光年間文人雅集之意趣，昭示出讀書人的世界觀，勾勒出一幅南北文人和諧交誼的圖畫。

（一）《沽上梅花詩社存稿》：文人雅集意趣的呈現

《沽上梅花詩社存稿》現存十六集，每一集大致是一個主題，或分題吟咏時令、風物、文史故實，如七夕、梅、雪、花、柳、亭、臺、樓、閣等等；或就某事進行唱和，如詩夢、納姬等等。作品展示出雅集的雅趣、諧趣、奇趣。通過這些詩詞文賦，今人可以想見數百年前文人的雅集風流。

（甲）雅趣、諧趣

《沽上梅花詩社存稿》第一集記録了一八二六年冬梅花詩社成立，于問津書院雙槐書屋雅集的情形。此次雅集的成果，是三十餘首以梅花爲題的詩詞作品，諸如對『壽陽公主妝梅』『張功甫宿梅』『鐵脚道人嚼梅』『趙師雄夢梅』『林處士妻梅』『徐熙畫梅』『王鳳雛癖梅』『杜工部索梅』『孟山人尋梅』等的吟咏，體現出文人的雅趣。

大多數梅花詩社成員會在作品中根據所分得的題目進行歷史故實的吟咏，如翁紹海分題拈得『徐熙畫梅』，作七古一首：『蜂鬚鹿角香椒點，集英殿上東風轉。寫出孤高處士心，江南占斷春深淺。老幹濃枝取勢長，萬花飛舞水雲鄉。寒光直透澄心紙，粉本應摹半面妝。一從春意闌珊賦，金題錦軸梁園貯。杜陵誰仿浣花圖，官家枉羡安榴樹。野逸蕭疏自一家，黄荃羞與鬥鉛華。從來富貴無真色，院品空傳没骨花。』徐熙是南唐處士，入宋後其畫作深得宋太祖稱賞。翁紹海結合徐熙畫作流傳過程中『愛畫徐熙没骨花』的錯誤認知，寫了這首古詩《徐熙畫梅》。這首詩從頭到尾都在稱賞徐熙及其畫作，直言其能畫出『孤高處士心』，『野逸蕭疏』，自成一家，是徐熙同時代之黄荃所不能比擬的，借黄荃畫作中『富貴』氣，來襯托徐熙畫作的超凡脱俗。詩人在詩序中有言：『南唐處士徐熙，鍾陵人，性高邁不羈，善狀江、汀、水、雲、竹、木，嘗畫落梅，無一瓣平複。後主劇賞之，集英殿盛有熙畫。降宋後盡入大内，熙亦供奉畫院。太宗見《安榴樹圖》，品爲古今第一。又有《浣花醉歸圖》傳世。熙初入院時，有黄荃者擅寫生，號没骨圖，忌熙名出己上，訾爲粗疏不合格，罷之。世遂有「黄家富貴，徐家野逸」之諺。熙子崇嗣、崇矩、崇訓乃各效荃筆法，始齒院品，然生氣遠出，妙得花神。荃不及熙遠甚。汪鈍翁贈文與也詩有云「君家道韞擅才華，愛畫徐熙没骨花」者，誤也。丙戌游津門，詩社拈題賦此，爲處士一雪此枉。』此序可視作這首《徐熙畫梅》的注脚。

又如丹徒徐楊緒分題拈得『江采蘋愛梅』，填一闋《沁園春》：『香愛繽紛，枝愛横斜，格愛玲瓏。乍飛來翠羽，胭脂院落，相逢縞袂，鸚鵡簾櫳。妾貌如花，君恩似水，一斛真珠譜最工。銷魂處，是上陽宫裏，夜月朦朧。沉香亭北春風。比萼緑、仙人孰淡濃？正華清宴罷，楊花糁白，長門睡悄，荔子飛紅。野鹿愁新，牽牛誓重，從此瑶臺索笑空。憑吊久，有白頭宫監，指點芳叢。』江采蘋係福建莆田人，酷愛梅花，且頗具才華，後成爲唐玄宗妃子。因其愛梅而被封爲『梅妃』，深得唐玄宗寵愛。徐楊緒此詞就是對愛梅之江采蘋命運的感懷。上闋言江采蘋對梅花的痴愛以及入宫後得玄宗寵愛之際遇，所謂『上陽宫裏，夜月朦朧』；下闋則描述楊玉環入宫後江采蘋失寵之境況，『沉香亭北』『華清宴罷，楊花糁白』均言楊玉環之得寵，『長門睡悄』『從此瑶臺索笑空』則言江采蘋之失寵，這種對比造成了『但見新人笑，不聞舊人哭』的效果。『白頭宫監，指點芳叢』，化用白居易詩句，言江采蘋身後凄凉。當身歸塵土之後，衹餘『芳叢』供人指點、憑吊。整首詞運用橫嚮、縱嚮對比，以楊玉環的得寵對比江采蘋的失寵，以江采蘋自身得寵對比失寵，表達出文人對江采蘋才華與命運的感慨。總體來看，徐楊緒這首詞對愛梅之江采蘋的吟咏仍停留在一種傷懷吊古的情緒中，未能擺脱前人窠臼。

這次雙槐書屋雅集，還有一些作品書寫出了幽默、歡樂的意趣，呈現出『雅謔』之特點。例如梅成棟分題拈得『壽陽妝梅』，所作四首絶句寫得頗爲幽默，讀來令人莞爾：

詩人投老轉顛狂，自詡丰姿比壽陽。堪笑年華今五十，白頭忽鬥美人妝。
藐姑仙子本虛無，强派紅妝到老夫。對鏡終嫌形態醜，自宜枯槁配林逋。
美人名士無真相，窈窕前身記渺茫。老云風情難自信，半妝聊且效徐娘。
譜入群芳九十圖，水邊林下費工夫。任他百計求婚配，不嫁人間范石湖。

這四首絶句寫得非常率真幽默。『詩人投老轉顛狂，自詡丰姿比壽陽』，此句意謂詩人我年歲已老，性格也開始『顛狂』了，分題拈得『壽陽妝梅』，就開始自詡丰姿可比壽陽公主。五十歲已是白髮滿頭，但今日『白頭忽鬥美人妝』，畫面想來實在是『堪笑』，足見這是一次愉快的雅集分題。但詩人又説『對鏡終嫌形態醜，自宜枯槁配林逋』，白頭『鬥美人妝』，對鏡終是嫌弃自己『形態醜』，這樣的詩人形象還是應該配林逋較爲合適。第四首絶句調侃范圻，『譜入群芳九十圖，水邊林下費工夫』，壽陽公主愛梅、妝梅，是傳説中的梅花花神。這裏不是指壽陽公主，而是指梅花。『任他百計求婚配，不嫁人間范石湖』，范石湖是范成大。范成大寫過一些吟咏梅花的詩詞，但此處『范石湖』不是范成大，而是梅成棟借來指梅花詩社成員范圻。范圻，字心農，梅花詩社成員，參與了此次梅社雅集。范圻跟范成大之間没有任何關係，衹是姓氏相同，被梅成棟用以調侃而已。總體來看，梅成棟這四首題『壽陽妝梅』的絶句，或調侃自身，或調侃友朋，在幽默率真的風格裏，展現出梅花詩社成員雅集時的歡樂意趣。

此次雅集不僅有梅成棟調侃范心農的詩作，也有凌泰磐調侃梅成棟的作品，如《冬日雙槐書屋同人分咏梅花喜晤樹君先生呈四絶句》其三：『漫笑蕭蕭兩鬢霜，拈題分咏美人妝。當時記讀梅花賦，嫵媚辭原鐵石腸。』梅成棟調侃自己是『堪笑年華今五十，白頭忽鬥美人妝』，凌泰磐則調侃此事爲『漫笑蕭蕭兩鬢霜，拈題分咏美人妝』。『當時記讀梅花賦，嫵媚辭原鐵石腸』，這句詩也是對梅成棟的調侃。此處《梅花賦》，指梁簡文帝所撰之《梅花賦》，中有句云：『重閨佳麗，貌婉心嫻，憐早花之驚節，訝春光之遺寒。衣袂始薄，羅袖初單，折此芳花，舉兹輕袖，或插鬢而問人，或殘枝而相授。恨鬢前之大空，嫌金鈿之轉舊。顧影丹墀，弄此嬌姿，洞開春牖，四捲羅帷。春風吹梅畏落盡，賤妾爲此斂蛾眉。花色持相比，恒愁恐失時。』賦中的『重閨佳麗』對梅花十分賞愛，但又擔心梅花被春風吹落盡，并思及自身『恐失時』，表達出一種百轉千迴的心緒。梅花詩社雅集時，誦讀《梅花賦》『嫵媚辭』的梅成棟却是『鐵石腸』，這是調侃梅成棟的氣質風格與《梅花賦》

之反差。這種文人之間的雅謔、調侃，活躍了雅集氛圍，作品讀來也十分有趣。當然這種雅謔有度的把握，太過則不合『中庸之道』，會令人難以接受，而梅社諸人在《沽上梅花詩社存稿》中的作品也都把握得恰到好處。

《沽上梅花詩社存稿》第八集是對陸鳳鈞納妾的吟詠，有些詩作也蘊含諧趣。如梅成棟《陸秋生抱衾録五首》其五云：『不信倉鶊可霽威，堤防責罰出蘭幃。勸君置酒邀同社，拜乞詩人代解圍。』陸鳳鈞納妾在梅花詩社同人中成爲一件趣聞，據張世光《陸鳳鈞抱衾録征訪小啓》云：『姬氏，田陸氏小鬟也，幼隨侍秋生吴家姑。秋生大婦體素弱，爲襄中饋計，請于大母亟求納焉。時吴氏姑隨宦沽上，秋生春闈北來，因以贈之。啓成并志其事。』雖然是陸鳳鈞正妻自願爲夫納妾，但梅成棟仍調侃陸鳳鈞『不信倉鶊可霽威，堤防責罰出蘭幃』，『倉鶊』典出《詩經》，『倉庚于飛，熠燿其羽。之子于歸，皇駁其馬。』『霽威』，言收斂威怒。梅成棟此句意謂雖然你陸鳳鈞納妾事是正妻所主張的，但正妻内心未必就不在意，你一定要當心來自正妻的懲罰。『勸君置酒邀同社，拜乞詩人代解圍』，梅成棟此句意謂勸你陸鳳鈞還是要置酒一桌，請梅花詩社同仁一起宴飲，然後再拜請我們大家爲你解釋，爲你解圍，免除來自夫人的懲罰。梅成棟是天津人，其諧謔之作在一定程度上也體現了天津人性格中的幽默感。這首調侃陸鳳鈞納妾的詩，不乏諧趣。

（乙）奇事、奇趣

《沽上梅花詩社存稿》第七集是對陸鳳鈞奇遇記的唱和。陸鳳鈞在歸鄉途中做了一個匪夷所思的詩夢。《邗江詩夢小叙》中記載：『丙戌九月十四夜，與陳石生同年自津門歸里，舟泊邗江。夢至一荒徑，古墓蒼涼，夜色岑寂，因坐墓旁。予題五律一首于碣上，不自知所題何事也。既見碣傍有七律一首，下注「和詩」二字。驚悟，杳無所得。鷄唱時復續前夢，二詩了了在目。是夢非夢，醒而録之，究不知和詩者爲誰也。爰繪圖以紀其事。』陸鳳鈞夢至一蒼涼古墓，月色岑寂，并在夢中寫了一首題墓詩：『數點涼螢裹，蕭條夜色枯。有山皆拱月，無路不通湖。當世誰青眼，秋原尚緑蕪。可憐吟魄在，風雨破寒廬。』這是陸鳳鈞于夢中所作，在涼螢數點、蒼涼月色的背景下，感慨懷才不遇，感傷吟魄寂寞，正所謂『當世誰青眼，秋原尚緑蕪』『可憐吟魄在，風雨破寒廬』者。但讓詩人感到驚奇的是，自己題詩下面竟出現一首和詩：『自笑窮山作計迂，安身荒徑木同枯。無多明月來佳士，盡累棠梨伴老夫。得志詩書看上達，關心兒女在長途。諸公六十年前事，兩世因緣憶我無？』這實在是令人匪夷所思，又瀰漫一絲恐怖的氣氛。詩中『安身荒徑』指和詩主人所居，『棠梨伴老夫』也指和詩主人，據此可知，和詩主人明顯是墓冢一吟魂。『明月來佳士』指陸鳳鈞月夜夢至。『得志詩書看上達，關心兒女在長途』指和詩主人謂陸鳳鈞前生之事，是六十年前的事。『兩世因緣憶我無』，前世有緣是友人，今生又夢裏唱和，于是墓冢吟魂便于陸鳳鈞夢中問其是否記得他這位老朋友。陸鳳鈞詩夢一事，真可謂奇哉！

古代文人對于鬼神之事多是深信不疑，陸鳳鈞夢至古墓題詩本就離奇詭异，而夢中竟有和詩則更爲奇幻，加之醒而復夢，且題詩、和詩了了在目，則更是令人驚嘆。有鑒于陸鳳鈞夢境之離奇詭异，梅花詩社諸人紛紛唱和其詩夢。錢步文《題邗江詩夢圖》：

鄉心已逐大江流，兩世因緣重唱酬。底事詩成人不見，冷雲和月照荒丘。
得志誰爲上進才，長途兒女總關懷。此翁畢竟多情甚，隔世猶尋舊雨來。
未必今吾勝故吾，癡心我欲問斯圖。再遲六十年來後，更有詩人續夢無。

第一首是對陸鳳鈞舟至邗江夜有詩夢且夢有和詩的描述，第二首則是對夢中和詩進行評論，如『長途兒女總關懷』是對『關心兒女在長途』的回應。和詩原意是記所關心的兒女都在各自人生旅途中，誰也不能關注父母，而錢步文則謂父母總是記挂着不在身邊的兒女，這種記挂、擔心不因兒女是否有回報而不存在。『此翁畢竟多情甚，隔世猶尋舊雨來』言和詩主人之多情，隔了兩世生死，仍于夢中尋找舊友。『未必今吾勝故吾，癡心我欲問斯圖。再遲六十年來後，更有詩人續夢無』，陸鳳鈞詩夢後畫《詩夢圖》爲紀，錢步文看到這幅《詩夢圖》，既有感于隔世老翁之懷舊雨，又感慨于詩人前世今生之際遇，于是發出『再遲六十年來後，更有詩人續夢無』的喟嘆。

梅花詩社成員唱和陸鳳鈞《詩夢圖》奇遇的詩、詞、文作品數量較多，第七集都是這一主題的作品，大多是感嘆詩夢奇緣、感懷文人之間因緣際會的，如徐楊緒《調寄滿江紅》：『渺渺茫茫，不信又、明明白白。把六十年前舊事，重題墓碣。春草池塘前度恨，緑楊城郭今宵月。但吟來、凄似廣陵簫，江樓笛。　莫漫道，千秋筆。莫便信，三生石。是文章因果，書生結習。料得有情皆我輩，恨無好夢從君覓。嚮莫昏、約略寫詩魂，燈明滅。』上闋感懷陸鳳鈞之奇遇，兩世因緣渺茫不可信，但又有詩證，實在是令人感嘆！下闋則感嘆人生因果，并對陸鳳鈞奇遇『心有戚戚』且『心嚮往之』，所謂『是文章因果，書生結習。料得有情皆我輩，恨無好夢從君覓』。『嚮莫昏、約略寫詩魂，燈明滅』，在黄昏時刻，詞人對詩友夢中詩魂頗有感觸，開始書寫陸鳳鈞的奇遇……

《沽上梅花詩社存稿》中大多數作品都呈現出一種雅趣，諸如第十集是對津門水西莊風物的吟咏，第十六集則是對吞花、談棋、説劍、卧酒、聽香、讀畫、枕流、漱石等雅事的吟咏，都體現出一種雅趣。諧趣、奇趣時或有之，不過并非主要審美趣味。

（二）《沽上梅花詩社存稿》：讀書人價值觀的昭示

《沽上梅花詩社存稿》有數集是對歷史人物及同時期人物的吟咏：第六集是對歷史人物的吟咏，包括對終軍、班超、司馬相如、馬援；第十九集是對歷史人物歐陽修、包拯、文天祥、楊繼盛、嚴嵩的吟咏；第二十集則包括對同時期的楊菊泉殉難事的吟咏。此類作品昭示出梅社諸人的世界觀、價值觀。下面以梅社諸人歌咏楊菊泉的詩文作品爲例，探究彼時文人之價值觀。

楊菊泉是山西趙城縣令，『道光十五年乙未三月初五日，山西趙城縣民變，戕官、劫獄、掠庫。……邑宰楊公延亮，字菊泉，湖南長沙人。嘉慶癸酉解元，庚辰進士，以知縣即用，分發山西，補趙城。居官清正，深得士心。蒞任十年，興利除弊，去暴安良，以卓异推升雲南昆明州知州，未行。其爲政也，寛以培士，而威以御下。治匪徒，法尤嚴。署之胥役，不得横恣，深銜之。不逞之徒，尤切齒焉。有僧道洪者，刁惡健訟，公屢加懲責，恨尤刺骨，遂投身曹順，謀爲内應。時三村民心洶懼，頗泄其謀。楊公聞之，命役郭金相、狄思亮、郭二魁等先後偵訪，不知三人乃賊之耳目也。見曹順，勸之速反，而以無事歸報。曹順迫不及待，三月五日聚黨三百餘人，持械赴城。距城五里有驛曰窑兒上，郵廨在焉。閻朝花者，驛卒之首，與逆謀。是日三更，賊衆至驛，飽餐，騎馬抵城。僧道洪開門應之，登縣堂作鳴冤狀。楊公知變作，朝服出堂皇。據案慷慨，曉以大義曰：「汝等無知，苟殺我，豈能逃法網耶？及早解散，尚可圖活。」爲首數人似有退意，僧道洪大呼曰：「此言詐也，將擒我矣。今不先之，後悔何及！」露刃而前，公大駡。逆賊韓奇先發，衆刃交下，慘加肢解。闔門九人，同時遇害。幕客僕人，均及于難。』這段文字是梅成棟《山西趙城令楊公殉難事略》中所描述的關于山西趙城縣令楊菊泉殉難的經過，一門老小、滿堂賓客均被殺害，今日讀來頗感慘烈。對楊氏一門的罹難，梅成棟是這樣評價的：『吟齋氏曰：自淺見者觀之，以爲奇禍。第思同一人也，生同細草，死等輕故死等輕塵，泯漠無聞者多矣。何如此臨大節而不撓，名垂青史、俎豆千秋者之爲得哉？吾不謂之禍而反謂之福云。』梅成棟認爲雖是奇禍，但與大多『生同細草，死等輕塵』的默默無聞者相比，楊菊泉『臨大節而不撓』，能『名垂青史、俎豆千秋』，實在是勝過很多，所以其結論是『吾不謂之禍而反謂之福』。

徐楊緒《趙城行》詩云：『天地之大不能無莠生，林谷之廣不能無鴞鳴。吁嗟楊公，生全忠烈，死爲神明，千秋萬古垂英聲。母死義，妻死節，子死孝，一門賓僕飲刃無難色。事在道光十有五年春三月，天兵迅掃妖氛靖。煌煌祀典崇三晋，沅中之芷湘中蘭。俎豆千秋誰許并？君不見西韓强大令。』徐楊緒在這首詩裏表達了跟梅成棟相似的觀點，正所謂『煌煌祀典崇三晋，沅中之芷湘中蘭。俎豆千秋誰許并？君不見西韓强大令』。高繼珩《趙城知縣楊公殉難征詩啓》中如此評論：『嗚呼！馬革殘尸，伏波不辜素志；犀軒直蓋，無還叠沐恩榮。雖榛蕪莽莽，莫歸先軫之元；而栗主森森，若動杲卿之髮。一時致命，千載如生！人咸悲之，公何憾已！』姚承豐《趙城行》亦有句云：『吁嗟乎保身誰不矜明哲，不可奪者臨大節。成仁取義須臾決，變之大小何分别。又况天地間，無物無澌滅。所不滅者，惟有忠臣孝子賢母節婦貞女義士心頭一點血。』這都是和梅成棟的觀點相似或一致的評價。

其實，梅花詩社諸人的作品大都既傷楊菊泉殉難之慘烈，又論其俎豆千秋、死而無憾，這是彼時讀書人之于生死大義的理解，是儒家價值觀的直接體現。衹是對于楊菊泉的朋友而言，在俎豆千秋、青史留名之外，還有傷痛之情的表達，如崔旭《過趙城傷楊菊泉明府》詩云：『中夜無端噩夢驚，全家魂魄慘刀兵。長官愼密防奸早，左道披猖速禍成。駢首藁街骨猶臭，旌忠祠屋氣如生。鄰封猶記詩筒到，滿目悲涼過趙城。』尾聯傳達出來的就是詩人對楊菊泉遇難的傷痛之情。這首詩在生死大義之外，有了一種無盡的哀思。這是與楊菊泉有交往的崔旭的真實情感，較衹贊頌楊菊泉忠烈的詩作更爲有情，更動人一些。

總而言之，梅花詩社成員的作品既有對詩社雅集的記述，也有對歷史人物及同時期人物的吟咏，既向後人展現了古代文人雅集的趣味，也傳達出彼時讀書人的價值觀，更見證了津門雅文化的發展，昭示出數百年前的三津雅韵。

三、結語

梅花詩社是道光年間天津出現的最大詩社，雅集作品被搜集整理成《沽上梅花詩社存稿》一書。就十六集梅花詩社作品來看，道光年間的梅社成員的確是書寫了天津文學發展史上濃墨重彩的一筆：

天津文學的源頭甚遠，如不以有『天津』之名爲限，則可以追溯至兩漢。如以『天津』之名爲限，則起于明代。但就文學發展的高潮期而言，清代則無疑是最爲重要的時期。因爲這一時期既有本地優秀作家的迭出，也有南北文人交流雅集的韵事；既有在中國古代文學史上占有一席之地的著述，也有輻射運河沿綫省市的文人作品。而梅花詩社出現于道光年間，恰是津門文學經過遂閑堂、水西莊高峰期進入沉瀫期後的一次小高潮，對津門文學的發展起到了承前啓後的作用，承遂閑堂、水西莊之風雅，使流風不墮于世。《沽上梅花詩社存稿》是梅花詩社文化活動的明證，構建了天津文學發展史上的一個重要環節。

《沽上梅花詩社存稿》不僅見證了道光年間津門人文之盛，而且還構建了大運河文化鏈條上的重要一環：首先，天津本地就是大運河畔的重要城市，因此梅花詩社的出現不僅僅是天津文學發展史上的一個重要階段，而且造就了大運河雅文化的基因。其次，《沽上梅花詩社存稿》也繪製了一幅文人交誼圖，見證了大運河沿綫南北文人的交流，正所謂『社聯南北，誼切苔岑』。因此，研究大運河文學發展史，《沽上梅花詩社存稿》是繞不過去的重要文獻。

凡例

一、是書整理所據底本爲清抄本《沽上梅花詩社存稿》，因存在抄録失誤，如字詞句之訛奪衍倒，故凡有補充或改正處，均加按語予以説明。

二、詩無題者，或以序爲題，或據意補題，部分加注按語。詩韵有需説明處，亦加按語。

三、詞作參考《欽定詞譜》點讀，叶韵處用句號，句用逗號，讀用頓號。凡需説明處，亦加按語。

四、异體字與俗字均按現行標準改爲正體；通假字依原文，不加注釋；凡所缺略者，均代之以□，并加注按語。

目録

沽上梅花詩社存稿 第二集

沽上梅花詩社存稿　第三集

沽上梅花詩社存稿 第四集

沽上梅花詩社存稿　第五集

沽上梅花詩社存稿　第六集

沽上梅花詩社存稿　第七集

沽上梅花詩社存稿　第十一集

沽上梅花詩社存稿　第十七集

沽上梅花詩社存稿　第十八集

沽上梅花詩社存稿　第十九集

沽上梅花詩社存稿　第二十集

梅花詩社序

梅成棟

沽上梅花社，創始于硯廬。道光甲申、乙酉間，慶雲崔念堂同門游于津，時與高寄泉、陳石生、陸秋生、李采軒結社于余竹泉老人之十硯廬，時號硯廬社，主客七人，此《竹林七君咏》之所由作也。丙戌之春，念堂需次山右。是年冬，山陰張杏史、新建翁寄塘兩孝廉僑寓津門，艷其事，復結社于問津書院之雙槐軒。時主講爲丹徒徐楊小梅先生，衆推僕爲祭酒。啓社正當梅花開時，故號爲梅花社。預是會者，凡得十九人。歷丁亥迄乙未，九年之内，南北詩人散聚不一，接續入社者共得四十有□[一]人，積詩甚夥，裒然成帙。

道光丁酉二月，余以司鐸之永平。王茂才春甫出其所藏全帙，索余爲弁詞，時以行色匆匆未暇也。越歲春甫來書敦迫，余不禁怦然于衷而不能已焉。夫人生風流蘊藉之事，當其境不自覺，及境過則懷之矣。知交文酒之歡，當其聚不爲奇，及其

[一] 整理者按：原文脱一字。

散則難之矣。此陳思所以低徊于平樂，右軍所以慨念乎蘭亭也。沽上文壇風雅之事，一盛于國初張魯庵方伯之遂閑堂，再盛于查蓮坡居士之水西莊。乾隆間紹其風者，猶有張氏嘯岩之思源莊、李氏雲亭之寓游園。遂閑上客則爲蓮洋、秋谷諸公，水西莊則有厲樊榭、萬循初、汪槐塘、周月東、劉紫仙諸君子。其後思源、寓游則爲邑先輩康達夫、吴念湖、查松亭、金芥舟、周大迂、郝石臞、金野田諸先生也。時吾郡生計充裕，人情茂美，以風雅爲重。故一時通人宿儒、名士高流之來游者，争爲延款，投轄贈鞭，殆無虚日。數十年來，風流頓歇。

楝生也晚，未逢其盛，且一介寒素，學殖甚淺，僅于癖嗜篇章，抱殘守缺而已。乃來游于津者，不弃謭陋，推襟送抱，唱和投贈之作絡繹不絶。及梅花社之立也，往來南北之彦應求愈衆。同人宴集多在城西之芥園，乃水西莊之遺趾也，林亭之勝甲一郡。每届花時，觴咏于此，水榭雲廊，簪裾滿座，飛箋鬥盞，歌板棋奩，濡墨揮毫，吟賞于花竹苔石之間，流連竟日。數年來，社中諸友鸞翔鳳舉，登賢書、栖南宫、游詞館而宰名區者，指不勝屈。文運之興，江北爲最。及余之來永平也，匏繫一官，塊然寡偶。邊塞苦寒，民貧地瘠。舉目惟見亂山雜沓、白草黄雲，再求酒地花天飛觴裁句之樂，吟朋嘯侣傾襟聯襼之歡，杳不可得。追思昨夢前塵，一去無迹。此春甫索序，余所以怦然有動于衷而不能自禁也，遂書之以告夫覽斯集者。梅成棟吟齋書于永平之三山書屋。

梅花詩社題詞

徐大鏞

生香一卷擘雲牋，沽上寒梅門影鮮。沽上寒梅門影鮮。姓字巧聯今日社，起社于小梅同年處，梅樹君先生即分題咏梅。神仙修到幾生緣。達夫念舊情如訴，謂高寄泉鴻漸歸來筆更妍。謂陸秋生同年堪笑壽陽風格好，白頭詩借美人傳。樹君先生拈題得壽陽公主妝梅，故及之。

年來浪迹悵山河，汾水燕雲感若何。縱有西風黄葉在，謂崔念堂年伯那堪芳草夕陽多。興偏日減書慵讀，門爲常關客少過。最是增人棖觸處，雙槐對影也婆娑。詩社起于小梅之僑寓雙槐書屋。鏞并垣旅舍鄰家有雙槐對峙，與津邑風景相類，而高聳過之，蓋元明物也。崔念堂年伯有古槐門巷之句。

梅花社啓

高繼珩

梅樹君先生抱冰爲心，裁花作骨。慨大雅之不作，懼斯文之就湮。爰招寓公，并集里彦，大作無遮之會，同參現在之緣。乃忘珩之譾陋，俾倡言于諸君子前。珩不獲辭，遂承先生意而敬陳之。

伏以七十二沽之地，大有傳人；百八十年以來，殊多作者。問津園啓，兄承鵲印之家聲；（張魯庵方伯有問津園別業，中有篆水樓、緑艷亭諸務。）篆水樓高，弟協鶯文之光彩。（笨山居士，方伯弟也，有詩萬首。）好士來四方之彦，懷刺不梗于閽；留賓暢十日之歡，車轄常盈于井。（方伯兄弟皆好客，一時名士如吴蓮洋、趙秋谷輩皆主其家。）是以延陵公子贈帶交深，（謂蓮洋）稷下詞人倚樓句好。（謂趙秋谷）孰意茫茫駟隙，渺渺蟲軒，（弋蟲軒，笨山齋名。）雲烟之過眼都迷，風雅之賞音誰嗣？幸有庵名花影，人號蓮坡，莊築水西，重開墨壘；社聯硯北，再振騷壇。（查心穀一號蓮坡，有水西莊別業，又有花影庵爲静攝之所。）不獨柘坡槐塘，方以類聚；更有蔗村棠樹，樓并人傳。（汪槐塘西灝、萬柘坡光泰皆主查氏。佟蔗村鋐所居在水西莊對岸，家有艷雪樓，姬人艷雪居之。樓前海棠一株，爛漫彌茂。）斯皆一代之偉才，抑亦千秋之佳話也。厥後虹亭居士、于豹文黃竹老人，金芥舟非不藻績性情、縱橫楮墨，然第孤芳自賞、獨寐寤歌。豈蘭臭之難孚，何苔岑之寡合？

往者太歲在酉，良契屢申，曾聯香火之因，共建硯廬之社。陳蕃、謂石生陸羽，謂秋生裁詩而俱可名城；崔實、謂念堂李膺，謂采仙説經而并堪奪席。先生不弃下走，許追古歡。依曼倩作主人，余竹泉以東方自目。胸中氣吐；仗探微之妙筆，頰上毫添。秋生繪《研廬雅集圖》。加以文若積薪，張文昌後來居上；張杏史世光春擒逸藻，沈休文旁若無人。沈春帆湘復有孝穆之才歸自荆州之幕，徐蘭生新自韓對山觀察幕府歸。相與雕雲鏤月，量酒評花，抒寫性靈，商略經濟。吐出懷中朗月，矢以斷金；定知天上文星，躔于析木。當此時也，樂可知矣！無何而摶沙易散，贈策爲勞；鷗盟未寒，驪歌叠唱。或折腰于五斗，綬綰花封；曉林之官山右。或糊口于四方，捉刀蓮幕；蘭生復游山西趙錦舫明府幕。或返武林之棹，侣賓雁以言旋；秋生歸杭。或思鑒湖之蒓，動季鷹之歸興。石生歸越。舊稿雖富，尚遜牛腰；昨夢難追，已迷鴻爪。緬懷曩喆，山高水長；回首前塵，風流雲散。出山在山，誰能遣此？居者行者，何以爲情？且夫盛而有衰者，天之道也；散而思聚者，人之心也。又况江南北之方家，人號曹倉杜庫；沽東西之名士，家多荆璞隋珠。苟弗義協盍簪，誼聯班草，聚奇才而鳳吐，拓情話之蟬嫣，不幾寂寞楮隃，冷落壇坫，致溪山之無色，嗟風月之笑人乎？用是載陬吉日，遍啓名賢，願懸杖以偕臨，伫抽毫而并至。有蘭亭之四十一子，不妨把臂而來；即蓮社之一十八賢，何必攢眉而去。萬選萬中，文俊于錢；一咏一觴，詩多于酒。醉龍渴驥，湖海之豪氣未除；綉虎雕蟲，風雨之秘思畢騁。脱略形迹，所期者率真；超軼塵氛，相賞以不俗。行見新編脱手，價重鷄林；會須妙繪傳神，更摹鵝絹。他日賦遠游者驅車再返，歌歸去者槖筆重來。棖觸舊游，招邀新侣。交成以淡，自相印乎心同此心；人苟可傳，并無論乎畫與不畫。嗟乎，星霜易邁，金石不渝！文章之砥礪原多，臭味之感孚最易。假使古人可作，鑒若冰輪；倘教今雨不來，罰依金谷。

道光丙戌嘉平月寶坻高繼珩撰

分題諸咏小引

張世光

歌美人之艷曲，太涉繁華；笑處士之幽栖，未免落寞。孰若命儔嘯侣，指苔岑以同參；送觴分牋，唤梨雲而欲起。征故事于昔彦，托清韵于臞仙。琴樽不孤，笙歌無沸，梅花詩社可謂兼之。宴留寒竹之名，人叶固松之數。同社一十八人。誰爲領袖？群推縣尉。樹君先生爲盟主，齒亦最尊。神仙各證因緣，都是詩家眷屬。狂吟嚼雪，濃醉壓寒；銅盉一聲，斑管五色。莫不新裁獨出，思衆技之畢呈；舊事重提，俾古人之欲活。天邊春信，寫嚮尊前；月地香魂，招來筆底。録其所述，萃而成編。於戲！冷淡生涯，幸免杯盤之俗；精嚴格律，勿嫌繩尺之苛。樂砥礪于同人，有如前約；謂流傳于异日，且聽公評。

道光丙戌臘月三日山陰張世光

沽上梅花詩社存稿……第一集

天津王崇綬紫若氏校刊

壽陽公主妝梅

天津梅成棟吟齋

春風吹暖含章殿，貴主嬌嬈春意倦。雪爲肌骨玉爲容，綠萼風飄梅一片。冰花點額冰痕小，麗影增春春不少。眉點春山十樣工，鬢含五出花鈿巧。梅花有意贈嬌妍，人與梅花并是仙。掃盡梨渦與蓮頰，丰神秀出翠娥前。世人争喜桃花面，如此妝成誰許見。美人天與冰雪姿，洗盡紅閨脂粉艷。君不見沈香亭畔舞霓裳，玉環穠鬥牡丹妝。百花頭上梅先占，富貴何曾及壽陽。

張功甫宿梅

山陰張世光杏史

堂開玉照闢奇觀，雅稱幽人賦考槃。春到園林先入夢，夜深風雪不知寒。茅亭弄影花枝瘦，紙帳留痕月色寬。二十六條評未了，漫疑高卧類袁安。

鐵脚道人嚼梅

甘泉唐瀓月魚

道人豐骨本昂藏，笑嚼梅花作稻粱。十里冷雲餐不盡，一盂艶雪味堪嘗。沁心細嚼冰霜飽，入口寒生齒頰香。鐵脚一身渾似鐵，怪他肺腑亦清凉。

趙師雄夢梅

天津賀兆魁星槎

小謫羅浮夜解裝，飄飄身似到高唐。携來翠袖空成色，唱到紅羅幻亦香。化蝶可容聯舊約，騎驢難覓此仙鄉。關情願借邯鄲枕，同向瑶臺晋一觴。

林處士妻梅

天津金淳樸亭

世間韵事真希有，高人竟與花爲偶。逋仙一副冰雪腸，閑與寒梅訂白首。不婚不宦隱湖邊，風味蕭然欲雪天。草閣松窗洞房小，一枝聊結冷姻緣。梅花骨格天生好，不嫁東風嫁詩老。同抱空山古性情，泉石伉儷如君少。有人饒舌嘲梅花，謂花誤適到林家。覓來快婿那有此，美人高士配無差。白雲鄉裏號温柔，紙帳春霄歌并頭。竹作樵青菊作婢，扶持清夢到羅浮。

范石湖譜梅

錢塘陸鳳鈞秋生

梅花香動石湖碧，石湖水接梅花國。梅花一開湖水清，清標雅稱尚書筆。無限春風鬥上林，麗支紫蒂并同心。盟鷗亭畔翻新譜，玉雪坡前結賞音。評量絶勝羅浮志，吏部文章花部史。花開花謝任年年，剩有丹黃題别墅。萬重紅雪孤山峭，又别西湖空返棹。開到梅花想故人，予于中秋後歸省，梅樹君先生贈句云有『開到梅花想故人』之句。今來沽上，又結詩緣，不禁及之。料應重啓新詩草。吁嗟乎沽上水、石湖波，一樣寒香奈爾何？酒闌檢點詩筒債，争似先生舊譜多。

按：『玉雪坡前結賞音』句，『賞音』原稿爲『賞心』，應爲抄録筆誤。

孟山人尋梅

海寧沈湘春帆

高隱追鹿門，儵然閉岩户。朔風忽怒號，徹夜飛銀雨。曉起開門看，雪花蔽空舞。老梅坼疏蕊，言尋山之塢。鶴迹踏凍痕，驢背衝烟浦。幽香助詩思，沁人入肺腑。清興轉未闌，新月一痕吐。和羹豈無人，高蹈得所主。願從龐公游，歸途問樵父。

王鳳雛癖梅

天津姚承恩朗山

王氏風流癖亦奇，玉梅花下繫情癡。臥當泉石心如結，嗜到寒酸味自知。冰雪入腸都未化，烟霞成痼竟難醫。夢魂消盡孤山畔，爲折江南第一枝。

徐熙畫梅 并序

新城翁紹海寄塘

南唐處士徐熙，鍾陵人，性高邁不羈，善狀江、汀、水、雲、竹、木。嘗畫落梅，無一瓣平複。後主劇賞之，集英殿盛有熙畫。降宋後盡入大内，熙亦供奉畫院。太宗見《安榴樹圖》，品爲古今第一。又有《浣花醉歸圖》傳世。熙初入院時，有黄荃者擅寫生，號没骨圖，忌熙名出己上，訾爲粗疏不合格，罷之。世遂有『黄家富貴，徐家野逸』之諺。熙子崇嗣、崇矩、崇訓乃各效荃筆法，始齒院品，然生氣遠出，妙得花神。荃不及熙遠甚。汪鈍翁贈文與也詩有云『君家道韞擅才華，愛畫徐熙没骨花』者，誤也。丙戌游津門，詩社拈題賦此，爲處士一雪此枉。

蜂鬚鹿角香椒點，集英殿上東風轉。寫出孤高處士心，江南占斷春深淺。老幹濃枝取勢長，萬花飛舞水雲鄉。寒光直透澄心紙，粉本應摹半面妝。一從春意闌珊賦，金題錦贉梁園貯。杜陵誰仿浣花圖，官家枉羡安榴樹。野逸蕭疏自一家，黄荃羞與鬥鉛華。從來富貴無真色，院品空傳没骨花。

沁園春　江采蘋愛梅

丹徒徐楊緒小梅

香愛繽紛，枝愛横斜，格愛玲瓏。乍飛來翠羽，胭脂院落，相逢縞袂，鸘鷞簾櫳。妾貌如花，君恩似水，一斛真珠譜最工。銷魂處，是上陽宫裏，夜月朦朧。沉香亭北春風。比萼緑、仙人孰淡濃？正華清宴罷，楊花糁白，長門睡悄，荔子飛紅。野鹿愁新，牽牛誓重，從此瑶臺索笑空。憑吊久，有白頭宫監，指點芳叢。

周之翰爇梅

寶坻高繼珩寄泉

一聲銅笛飛霜萼，三千玉蝶繽紛落。掃來貯以紫絲囊，爇嚮薰爐香漠漠。鳳炭玲瓏麝爐烘，冰魂裊裊金猊中。静參鼻觀三生契，暖透檀心一粒紅。竹齋五夜垂花幔，一縷梅烟縈玉案。梅花烟裏客高眠，夢繞羅浮霞影焕。瓊葩瓣瓣博山燒，艾納輕添卍字銷。融化剛腸如鐵勁，依稀琴尾似桐焦。多恐禪心歸寂滅，骨自冰清心自熱。共訝瑶臺蕚緑仙，幻身點入紅爐雪。一花一片一芳芬，蕙質蘭膏繚繞焚。不愧仙姿真絶世，成灰猶化美人雲。

陸放翁化梅

天津李雲楣采仙

獨對東風感夙因，拚將香雪裹吟身。冰心冷抱枝枝玉，生面全開樹樹春。一片野雲留色相，四山明月鬥精神。從今幻出非非想，團扇何須再寫真。

陸凱贈梅

錢塘錢步文東墅

玉冷香飛驛路賒，折來珍重比瑶華。配他日下無雙士，贈我江南第一花。芳訊幾時來隴上，春風從此到天涯。相思欲作西洲曲，煮酒何年共月斜。

王元章傳梅

宛平范圻心農

絶代文章紀載新，王郎筆下有精神。欲書清白歸花史，不似尋常贊美人。冷韵宜編高士傳，冰銜擬注宰官身。列仙宗派從頭寫，第一吴門溯子真。

宋廣平賦梅

定遠凌泰磐石齋

勛名久欲上丹霄，且賦寒梅慰寂寥。廿五年華憐北戰，一篇風韵勝南朝。争先定向春初步，體物都從筆底描。漫説新詞真嫵媚，中興鼎鼐待親調。

孟山人尋梅

凌泰磐

正是梅花欲放天，好尋籬落與江邊。芒鞋踏處憑誰共，明月來時在我先。冒冷直衝驢背雪，乘舟猶帶鹿門烟。關心最是相逢後，結得空山未了緣。

杜工部索梅

天津吴之彦梅君

幾回款步嚮檐端，爲索梅花興未闌。冷性似憐知己少，賞心漫説解人難。笑因買得緣無價，物是求來轉耐看。苦爲嫣然回一顧，不辭風雪倚欄干。

何水部咏梅

天津李雲樓瘦山

幽懷欲訴竟誰知？東閣閑情對一枝。忽有香來供抱膝，絶無人處獨拈髭。憶從洛下春歸早，吟到江南月墮遲。争似灞橋驢背上，滿天風雪費沈思。

張侗初種梅

天津姜鍾喆荔坪

爲訪高人舊隱居，梅花幾樹悵無餘。重開荒徑添春色，補種幽香繞敝廬。一片冷雲尋鶴夢，半山明月帶烟鋤。殷勤作序留佳話，千載風流繼老逋。

冬日雙槐書屋雅集結梅花詩社分題拈得壽陽妝梅因賦四絶句自嘲呈同社諸吟長并調心農

梅成棟

詩人投老轉顛狂，自詡丰姿比壽陽。堪笑年華今五十，白頭忽鬥美人妝。

藐姑仙子本虚無，强派紅妝到老夫。對鏡終嫌形態醜，自宜枯槁配林逋。

美人名士無真相，窈窕前身記渺茫。老云風情難自信，半妝聊且效徐娘。

譜入群芳九十圖，水邊林下費工夫。任他百計求婚配，不嫁人間范石湖。

雙槐書屋雅集即事

高繼珩

書堂霜抱古槐新，花影庵遥此替身。酒伯詩仙來勝地，棋奩茶鼎各前因。最難萍水成佳會，况有梅花作主人。是日梅樹君分題咏梅，徐小梅先生作東道主。回首硯廬諸舊雨，謂曉林、石生、蘭生。遥聞快聚也怡神。

場開選佛會無遮，南北何妨并一家。風雅暫歸窮措大，清狂合覓冷生涯。根香共飽瓢兒菜，題好分吟鐵幹花。十二萬年能幾聚，莫辭沈醉酌流霞。

冬日雙槐書屋同人分咏梅花喜晤樹君先生呈四絶句

凌泰磐

咫尺空山處士家，居然海角與天涯。（余與先生相隔一城，從未修相見禮。）喜從今日初相識，得見人間耐冷花。

詩卷吟成錦綉堆，也曾窺見一斑來。冰心玉骨誰相似，惟有先生合姓梅。

漫笑蕭蕭兩鬢霜，拈題分咏美人妝。（先生分得壽陽公主妝梅。）當時記讀梅花賦，嫵媚辭原鐵石腸。

年來我亦學雕蟲，愧在先生青眼中。（余詩荷蒙先生贊賞。）低首願爲詩弟子，不知可許坐春風？

冬日雙槐書屋雅集率成長句二首即呈同社諸吟長

金淳

萍水相逢豈偶然，座中南北盡名賢。暫時離合皆前定，終日盤桓有夙緣。文酒斷宜歸大雅，笑談中亦可參禪。空山卧雪埋□久，此會狂歌我欲癲。

名流多半困泥塗，爛醉狂吟意態疏。自古詩人能雅謔，果真清興是吾徒。列仙今日逢梅福，罵座何曾有灌夫。我已逃禪心較冷，爲君破例一歡呼。

整理者按：『空山卧雪埋□久』句，原稿爲『空山卧雪埋久』，據詩律，應脱第六字，爲平聲。

丙戌嘉平十九日爲東坡先生祝壽詩引

姜鍾喆

伏以躬逢聖節，先陳東魯之經；雅集詩人，便結東山之社。偶爾書搜東壁，已迭見于明文；何妨顰效東施，諒不嫌乎我輩。月之旬有九日，乃東坡先生誕降之辰。以東觀之名賢，隸東瀛之秘籍。仙雲易散，空付東流；薄祭誰修，常閑東閣。喆居鄰東里，愧乏高臺曲館之奇；地近東門，詎無駕鳳驂鸞之會。爰于□日，竊願爲東道主焉。幸陪入座之賓，東階位就；聊作躋堂之祝，東海籌添。將見進肴核于東厨，肅衣冠于東國。快聽長生之曲，東王公談笑而來；踞斟益壽之杯，東方朔婆娑而至。道光丙戌嘉平月荔坪姜鍾喆撰整理者按：『爰于□日』句，原書脱一字。

沽上梅花詩社存稿……第二集

十二月十九日祝東坡先生生日次東坡謝劉景文韵

山陰余廷霖竹泉

置酒赤壁磯，笛聲起寥廓。云爲先生壽，曲奏南飛鶴。佳話留人間，精英歸碧落。樹君建詩社，時將更歲籥。良友聞聲來，疾如水赴壑。爲言玉局才，百代人驚却。樂全推國士，永叔薦秘閣。文章結主知，政事除俗惡。氣奪强臣權，威令老將愕。公去七百年，風節今猶昨。緬懷命世英，迴與詞人各。届兹覽揆辰，瓣香誠意托。招魂白雲鄉，祝公饗康爵。願偕素心人，歲歲奠漿霍。

嘉平十九日爲東坡祝壽是日觀察鄭夢白先生以冰蟹薦東坡命題即事成七古一章

梅成棟樹君

自古神仙皆渺茫，不朽之業惟文章。况有忠孝貫日月，其壽應與天地長。東坡謝世七百有餘載，至今浩氣亘穹蒼。公在名齊山斗重，公没神垂星台光。嘉平月之十九日，公昔誕降眉山旁。思公祝公爲公壽，我輩敬設梅花床。以蟹薦公公所喜，不用花猪竹鼬羅芬芳。先生大節昭冰雪，先生風骨凛冰霜。雙螯八跪形磊落，水晶盤映珊瑚黄。仿佛仙雲來户牖，風巾荷帽烟蘿裳。掀髯手扶緑玉杖，騎鶴翩然下大荒。銅笛右携李進士，鐵簫左招楊嗣昌。涪翁顛米或前後，清風浩日來書堂。回思前此七百載，未生我輩公名揚。祇恐後此七百載，公猶不死，我輩都歸無何有之鄉。公視我輩蜉蝣耳，簸揚塵世等粃糠。賴有區區方寸誠，詩心一點爲瓣香。領取眼前風月在，胡不舉杯飲瓊漿。公聞此言或大笑，手擘巨鳌浮一觴。

調水符

前人

支發清流下玉峰，雙符瓦合遞相逢。操如左券供奔走，品到寒泉有淡濃。竹使飛來黄葉寺，銅瓶拆破白雲封。地爐笑煮烟霞味，消受梅花過一冬。

攓雲籠

姚承恩朗山

書堂縹緲似游仙，如此氤氲别有天。虚白一籠團作絮，暖紅四壁裊于烟。掃來山徑休疑雪，裝入冬衣可當綿。果否袖中東海在，携歸雪石兩蒼然。

咏月兔茶

張世光杏史

境界鬬湯甌，團茶新樣具。製形月未圓，中有長生兔。豈從丹竈來，乃以紅紗護。品突八餅珍，光皎一輪素。手閱三百片，雲龍何足顧。擬補陸羽經，好咏霜毛句。羡比渴相如，待領真香趣。汲泉石鼎烹，解脱逢其故。化作滿碗雲，飛向廣寒住。

嗜河豚魚

金淳樸亭

荻笋芹芽嫩有情，河豚初上近清明。腹腴不羡銀絲膾，味美堪同玉糝羹。蘆港輕烟新雨霽，桃花流水暖痕生。笑他坡老饞涎動，槐火分來翠釜烹。

試院煎茶集坡公詩句

唐澂月魚

孤松吟風細泠泠，獨繭長繅女媧笙。白袍門外立如鵠，道人胸中水鏡清。清泉蔌蔌先流齒，人間熱惱無處洗。玉函寶方何用讀，願求南宗一勺水。汲新除舊寒光開，赤松却欲參黄梅。飲泉鑒面得真意，自歡才盡傾空罍。玉堂花蕊爲誰春，俯伏初嘗貢茗新。中都貴人珍此味，瑞靄香風拂後塵。當年陸羽空收拾，風中蒿火湯中雪。灑作醍醐大後凉，溪聲便是廣長舌。君不聞蓬萊閣下駞棋島，人間真一東坡老。水聲活活流肺肝，此意欲爲知者道。美哉水，洋洋乎，戲取江湖入鉢盂。更要維摩一轉語，不用二十四考書中書。

玉版參禪

徐楊緒小梅

大道有真味，澄懷端所嚮。偶然思朶頤，妙緒旨無上。當時玉版師，幻作籜龍狀。休嗤太守饞，不俟遠公餉。劉郎果辨才，禪宗參諦當。饌法本桑門，伊蒲恒供養。庭前柏樹子，同證西來樣。持此大覺緣，當成壽者相。黄州與儋耳，轉徙竟無恙。咄哉賈易徒，横生文字障。

前詩甫就意有所觸再成七絕二章博同人一粲

徐楊緒

隔年詩債補嫌遲，恰憶江南笋上時。北固山頭甘露寺，八關齋法幼親持。僕髫齡時曾寄名吾鄉甘露寺。

經厨漫煮郎君芋，石室偷餐王母桃。揭破波羅無上諦，支提塔頂置身高。

劉景文惠畫

陸鳳鈞秋生

松紀長年鶴紀齡，故人珍重贈丹青。生綃一幅鴉叉展，嘯雨吟風聲滿庭。

早知文舉不尋常，奇士相逢舊守杭。無限慇懃勞晋祝，披圖重使憶劉郎。

載酒黄州赤壁磯，笛聲江水奏南飛。那知老幹撑雲處，正有仙禽看月歸。

妙手能兼畢薛奇，故將雲翮伴霜枝。此身願入新圖裏，難覓當年老畫師。

李進士吹笛

錢步文東墅

憑將玉笛侑霞觴，勸我南游意轉長。望裏仙山何處是，九嶷烟雨正蒼茫。

黄鶴何年返故樓，笛聲猶帶楚江秋。神仙詩酒長無恙，絶勝山陽感舊游。

清風明月共追陪，色色聲聲妙諦該。一曲南飛吹不盡，夢中猶化羽衣來。

偷得霓裳譜不全，李謨才調古今傳。誰知三百餘年後，重見開元鐵笛仙。

向婦謀酒

寶坻高繼珩寄泉

黄泥坂外渺黄壚，忍抱空瓶對酒徒。賴有牛衣同卧者，爲分鴻案不時需。何愁醒眼看山月，笑倩朝雲捧玉壺。差勝相如嗟壁立，驌裘脱却自行沽。

聽客吹簫集赤壁賦字

定遠凌泰磐石齋

江渚蒼茫横白露，波間有客正吹簫。徘徊藉與扁舟訴，怨慕徐臨萬頃飄。騍挾餘音空水月，獨將遺響羡漁樵。得知造物無窮盡，蘇子長歌酒未消。

湖邊夢雪

新城翁紹海寄塘

唱斷尖义句，游思幻太清。此中原坦白，乃夢亦聰明。黄嬭便還客，青笛苦横征。虛空留色相，能否兆豐盈。

海外説鬼

宛平范圻心農

君不見汪洋大海直到天盡頭，天人一氣、坡公筆力渾能收。坡公遭譴去海外，更有奇談怪論、迹嚮大儒搜。周公取鬼六爻繫，昌黎談鬼五原求。鬼子母經何足信，鬼子五百名缺留。魑魅魍魎太無忌，山坳水陸誠多儔。色剩骷髏情更醉，賭飛汗漫心如油。紅袖翩躚，秦城四起笑聲重；白龍斬處，唐祚萬劫生靈浮。無上因果，誰可一時得？天橋地獄，還賴慈悲大乘索消勾。吁嗟乎！坡公駢海何幸聽聞壅于達荊相，衹將生滅正偏逼真佛性、拈鬚信口説原流。

游赤壁

天津李雲榻采仙

依然山月與江風，烏鵲南飛鶴影東。兩度游踪杯酒裹，一腔心事浪花中。吹簫此夕愁無那，橫槊當年氣尚雄。俯仰千秋聊托興，何須赤嶼證坡公。

别黄州

沈湘春帆

量移有詔下丹霄，惜别臨皋去路遥。入夜過江聞畫角，何時聽客更吹簫。笋香魚美懷前度，風穩帆輕逐早潮。送我祇餘飛絮影，那堪回首緑楊橋。緑楊橋在蘄水縣東一里。

袖東海石

李雲㜮瘦山

袖得文登石，都教彈子圓。遥銜鑾海瘴，猶繞御爐烟。未可銜精衛，何當拜米顛。中山留雪浪，千古共流傳。

築西湖堤

姜鍾喆荔坪

三十里迢迢，長堤築最遥。恩流杭郡雨，功壅浙江潮。碧柳依孤塔，輕烟鎖六橋。西湖春曉候，風月興偏饒。

沽上梅花詩社存稿……第三集

春雲限虞韵

王權虎卿

重山複水認模糊，料峭風前展畫圖。紅粉樓高迷望眼，青絲騎遠憶征途。憶從遲處花期晚，鬢到慵時鏡影殊。爲問襄王朝雨後，東皇吹上楚山無？

春柳限青韵

凌泰磐石齋

天涯寥落誰相賞，衹有逢君眼獨青。照水斜拖千萬縷，送人閑傍短長亭。描來春色知猶淺，唱到陽關轉怕聽。踪迹最憐飛絮影，一生多半是飄零。

春山限肴韵

新城翁紹海寄塘

林巒依舊出烟郊，野燒青青轉故坳。淡冶有時摹畫本，彎環無意學眉梢。漫尋芳草游三島，空逐東風度二峭。廿載長安抛蠟屐，寄聲猿鶴莫相嘲。

春帆限覃韵

丹徒徐楊緒小梅

片雲飛處水拖藍，十里湖光趁曉探。楊柳岸遥風力穩，杏花期近雨聲酣。縱思破浪休揚滿，莫漫隨流慎細參。記得碧潭千頃裏，牙檣錦纜遍江南。更憶懸蒲事舊諳，江頭花信恰春三。有時載月閑相訪，到處乘風力尚堪。南浦烟波歸夢渺，西湖簫管客游酣。無端觸我天涯感，漫倚篷窗賦采藍。

春雨限豪韵

唐澂月魚

濕雲連日漬平皋，春雨廉纖潤似膏。一望烟雲含細柳，二分花信課夭桃。路尋屐齒香泥滑，水長橋頭畫舫高。最是江南寒食□，杏帘深處買香醪。

整理者按：『最是江南寒食□』句，原稿爲『最是江南寒食』，脱一字。據詩律，脱仄聲第七字。

春草限侵韵

前人

春郊一片碧雲深，淺草芊綿上緑岑。色染裙腰痕似叠，香粘屐齒迹堪尋。杏花村店迷芳徑，楊柳樓臺接翠陰。惆悵萍踪隨水泛，天涯棖觸故園心。

青鬢無端白髮侵，美人遲暮易傷心。烟迷南浦添離緒，夢斷西堂費苦吟。三月落花風裊裊，六朝荒冢雨沉沉。王孫歸計猶難料，應嘆經年别恨深。

春雪限麻韵

前人

疏林二月噪寒鴉，淡抹梨雲村外斜。香徑和泥埋柳絮，小溪添漲入桃花。踏青有約迷芳草，飛白何人糝玉沙。一角春山來粉本，素屏風畔是吾家。

春獵限佳韵

梅成棟樹君

一番穀雨净風霾，小隊弓刀出錦街。柳外行看猿臂將，花邊齊佩虎文鞋。鷹盤紫塞沙初暖，馬踏青山雪不埋。笑刺黃獐爭飲血，何時得遂此胸懷。

春城限真韵

錢步文東墅

東風取次到城闉，早見瀛洲草色新。十里綠楊環水郭，六街紅雨壓芳塵。聽來鶯囀皇州路，看遍花多得意人。畢竟帝都風景好，尋芳應向上林春。

春花限咸韵

姚承恩朗山

纔種梅花立雪鑱，又飛紅雨撲春衫。繞欄麗影樓三面，照水新妝鏡一函。小苑苔陰留蝶夢，上陽門鎖任鶯銜。東風香滿江南路，欲往西湖擬挂帆。

春水限齊韵

李雲欀瘦山

東風吹暖水澌澌，南浦春來綠映堤。萬頃碧波生暖浪，一篙紅雨没香泥。浣紗石没痕猶淺，垂釣人歸迹已迷。憶得扁舟曾泛處，桃花開遍武陵溪。

春陰限東韵

吴之彦梅君

連朝作意弄清風，薄雨將成信乍通。十里梨雲低遠岸，一痕花霧鎖長空。精明但在包含裏，絢爛都歸醖釀中。會待漫天開霽色，猶爲萬物啓顓蒙。

春明限陽韵

姜鍾喆荔坪

纔送新陰過海棠，漫天錦綉又輝煌。碧窗蝶舞烟痕活，紫陌鶯啼日影長。深柳樓臺飛絮亂，春風門巷落花香。關心最是江南路，細草斜薰帶夕陽。門前十里蔭垂楊，赢得新晴到草堂。三徑艷雲開旖旎，一簾紅雨鬥芬芳。烟含堤柳全拖水，日轉池蘋半帶香。指點游絲飛裊處，畫橋欄外小樓旁。

春農限元韵

范圻心農

農書纔見進重閽，望杏瞻蒲遍遠村。日暖緑勝添笠影，春深紅雨印蓑痕。鳴鳩風裏花盈路，叱犢聲中月到門。料得携犁歸宿後，兒童相對話黄昏。

春樹限齊韵

李雲楣采仙

花滿園林水滿溪，青青芳樹望中迷。雪消池館春如許，門掩山村緑漸齊。天際莫雲縈客思，苑邊曉露聽鶯啼。關心最是江南好，一路青帘映日低。

春興限尤韵

金淳樸亭

賣花聲裏破春愁，準備湖山作勝游。此日尋芳親蠟屐，昨宵聽雨獨登樓。鞦韆楊柳誰家院，簫鼓烟波何處舟。乘興偷閑忘却老，落紅深處盡勾留。

春睡

賀兆魁星槎

春到園林日日忙，偷來餘憩效羲皇。閑愁醉我思無賴，花事關心夢亦香。芳草暗驚高士句，落梅新助美人妝。支頤倦作游山計，怕聽蓮壺午漏長。

春鶯限文韵

高繼珩

草長江南別緒紛，流鶯一曲不堪聞。飛來紅樹春三月，喚起青閨恨十分。金縷衣寒翻杏雨，玉樓烟重隔梨雲。幾人領略針砭意，柑酒携來日未曛。

春風

陸鳳鈞

誰調二十四番風，色色香香補化工。烟景遞從花信裏，春光暖入鳥聲中。擘開柳綫絲絲緑，吹上桃枝片片紅。百丈游絲裊何處，小橋西畔畫樓東。

整理者按：此詩作者原書陸鈞，應爲陸鳳鈞。

春草

徐楊緒

吐烈揚芳細可禁，年來生意覺侵尋。園無隙徑栽培廣，庭有餘香醞釀深。共此根苗資地力，不私雨露感天心。王孫消息勞青盼，十二闌干倚到今。

行過墻陰更砌陰，好將芳信證鳴禽。無多暮雨鶯飛早，有約東風蝶夢沈。南浦波痕同漠漠，西園苔印共深深。韶華十萬休孤負，珍重瀛洲縱筆吟。

閑翻卉譜漫沈吟，往事商量證古今。芍藥階前騷客夢，蘼蕪山下美人心。長門輦迹君恩重，陌路驄蹄客感深。最是六朝名勝處，剩金零粉不堪尋。

萋萋朝露遍芳潯，郁郁輕烟認碧岑。小拂袍痕青較淺，低垂簾影翠同深。燕來門巷添新壘，客夢池塘感舊吟。記得江南三月暮，紫藤花下夕陽沈。

春草限韵既成殊苦束縛再用他韵漫吟四律

徐楊緒

芊綿芳信記依稀，彈指青青覺又肥。廢院一春無客到，江南三月有鶯飛。低迷山下黄驄路，淺上田家白板扉。寄語文通休悵别，眼前生意是天機。

銅駝無恙土花香，陳迹蕭條付渺茫。古寺臺欹閑燕雀，故宫花落卧牛羊。二分月上荼蘼架，一半春歸薜荔墻。我有癡腸慣憑吊，被人疑作踏青忙。連朝可能托迹傍蓬瀛，一樣乘時會發生。隔水香來疑有韵，滿山花放恨無名。暮雨清明節，十里朝烟陌上情。漫向城東羨書帶，風流誰似鄭康成。料緣離離嫩影滿江干，漠漠原頭土未乾。依舊風光能下逮，斬新顔色耐遥看。地僻資生易，不信材微取節難。笑我齋居增口福，年來苜蓿總堆盤。

春帆

沈湘春帆

春來遠水色拖藍，忽見征帆樹杪參。穩逐三篙紅浪蹴，輕移一幅緑波函。濕經細雨風尤健，飽曳斜陽影亦酣。此去扁舟無恙否，夢魂偏不隔江南。

春柳

前人

唱罷陽關不忍聽，送行又到短長亭。新舒眉樣痕猶淺，細舞腰支態未停。飛絮忽粘芳草碧，垂絲分得遠山青。撫團心事徒增悵，瘦損當年濯濯形。

春睡

姚承恩朗山

東風吹暖日遲遲，一縷慵情渾不支。蛺蝶飛來應入夢，海棠謝却倦吟詩。香濃石鼎抛書後，花落銀缸薄醉時。深幕湘簾人悄悄，臨窗誰畫態支頤。

春雪

前人

料峭東風透碧紗，和烟和雨任横斜。輕迷石徑埋芳草，飛撲簾櫳逐落花。紙帳生寒人入夢，竹爐添火客烹茶。遥知巴蜀消融盡，春漲新來水一涯。山留似隨凡艷鬥芳華，瑟縮寒生處士家。沽酒前村黏蠟屐，騎驢何處問梅花。粉本春妝淡，天惜紅姿蝶夢賒。明日踏青開曉霽，滿林殘白襯丹霞。

春草限侵韵

姚承豐

如茵如帶碧沈沈，點綴江山歷古今。十里薰香蘇蝶夢，一叢分緑補花陰。東風有約留春意，南浦無情愴客心。欲覓六朝金粉地，烟痕深鎖翠雲岑。池塘曾助夢中吟，拾翠何堪著屐尋。客歸頓驚生意滿，天涯無賴夕陽沈。勾留烟雨三春暮，圖畫樓臺一徑陰。莫怪王孫歸去晚，鶯花千里繫人心。

春草限侵韵

姚學英

東風吹緑上遥岑，極目天涯愴客心。楊柳池塘初入夢，荼蘼庭院又成陰。踏青有約裙腰疊，拾翠何人屐齒尋。已放春光玉門去，明妃冢上碧烟沈。南園青于袍影碧于簪，一色芊綿入望深。別恨盡隨流水遠，餘香時覺落花侵。蝶冷懷前夢，北里鶯啼感舊吟。踏遍蒼苔春欲暮，王孫消息至今沈。紅借華髮頻驚歲月駸，眼前生意又鋪陰。香蕪艷芍留春色，芳杜幽蘅入楚吟。花光當砌補，緑迷烟絮隔簾沈。湖山點染新圖畫，攬勝還携蠟屐尋。

水滿平溪花滿林，烟痕荏苒思難禁。一番細雨新愁長，三徑斜陽舊恨深。客路漫牽南浦怨，春暉常護北堂陰。陽和好景瀛洲盛，雨露栽培仰帝心。

整理者按：四首律詩原本無題，題目係整理者據詩意所加。

沽上梅花詩社存稿……第四集

梅雪

高繼珩寄泉

凍萼渾疑雪未消，枝枝香送小紅橋。驚看冷艷花千樹，恍入寒雲路一條。點向紅爐烹苦茗，畫來素絹配霜蕉。何人未醒空山夢，紙帳高眠挂酒瓢。

梨雲

高繼珩

吹放瑶臺蕊一重，梨花蘼蔌淡雲封。風痕靄靄香無力，月色溶溶影不濃。小片飛來真玉雨，高枝堆起訝奇峰。幾時幻入巫山夢，想見衣裳縞素容。

杏雨

高繼珩

絲絲微雨釀芳春，文杏枝頭展笑嚬。一路斷魂村店酒，終宵欹枕小樓人。聽從草脚聲猶細，滴入花心粉乍匀。多少農夫齊望澤，尚書莫惜作霖身。

桃漲

高繼珩

東風吹得浪痕加，落盡夭桃兩岸花。一夕魚床平緑水，三篙鷺嶼浸紅霞。源頭幾日通春汛，渡口重來問舊槎。咫尺武陵應不遠，携竿我欲伴漁家。

柳絲

高繼珩

千條萬縷灞橋邊，誰染鵝黄黛緑鮮。組織春光何旖旎，牽連别恨太纏綿。迎風慣拂勞人鬢，照水偏縈過客鞭。遥憶嬌癡小兒女，折來滿地貫榆錢。

花片

高繼珩

落紅成陣謝群芳，隨著春風片片颺。離却枝頭仍色相，飄來水面即文章。憐他尚有餘香在，愧我終難結習忘。玉箸一枝閑自掃，暗將茵溷細參詳。

草夢

高繼珩

憔悴南園緑未蕪，東風吹處幾曾蘇。深垂柳幔鶯休唤，軟藉花茵鳥任呼。懵懂幾忘春似海，惺松漸覺雨如酥。同眠各有冬心抱，天外群山睡醒無。

蝶魂

高繼珩

芳魂一縷正摇摇，知逐花飄與絮飄。夢戀香濃猶未返，瘦憐粉褪不禁銷。漆園可惜莊周化，苔徑曾經謝逸招。便有滕王五色筆，幻中小影正難描。

梅雪

李雲楣采仙

寂寞園林晝掩扉，梅花開遍雪成圍。天寒紙帳人初卧，月冷空山鶴未歸。相對祇憐疏影白，有時還覺暗香飛。高風争説林和靖，一曲陽春和者稀。

梨雲

李雲楣

輕雲如羃鎖輕寒，知是梨花玉蕊攢。一片妝成春漠漠，幾層襯出月團團。香浮别院愁聞笛，人想東風正倚欄。争羡一枝遥帶雨，夢中合作美人看。

杏雨

李雲楣

杏苑春來景物饒，亂紅深處雨瀟瀟。織成碎錦絲偏密，染就凝酥色轉嬌。沽酒前村雙屐滑，賣花深巷一聲遥。江南舊事增惆悵，添得青溪幾許潮。

桃漲

李雲楣

夾岸桃花燦暮江，杳然新漲去淙淙。濃生錦浪添輕汛，快逐春帆下急瀧。渡口已平眠鷺嶼，林邊深没釣漁矼。武陵此去無多路，好趁清流泛畫艭。

柳絲 李雲楣

依依南陌柳成行，萬縷千絲拂玉塘。幾處纏綿銷暮雨，一鞭摇曳挂斜陽。曾牽別恨春深淺，爲綰離愁路別長。畢竟韶光拴不住，流鶯底事一梭忙。

花片 李雲楣

新鮮花樣妙空嵌，剪出無煩玉指摻。巧藉晴絲黏落絮，偶隨流水送輕帆。溪邊波暖魚曾啖，梁上泥香燕共銜。莫道上林風力軟，吹來片片點朝衫。

草夢 李雲楣

撩人情緒困人天，草意渾如夢乍還。月冷空庭驚蝶化，波深前渡伴鷗眠。驚回花事剛三月，吹醒東風又一年。解得騷人清興足，西堂得句妙疑仙。

蝶魂 李雲楣

豈緣蛺蝶識春愁，摇曳魂飛一縷柔。剩粉疏香成解脱，微烟淺草任夷猶。芳情莫向花前斷，幻影猶從夢裏游。珍重韶光銷不得，好憑風力返羅浮。

張世光杏史

梅雪

江北江南春早歸，梅開疑是玉霙霏。空山似有人高卧，小徑無端花亂飛。淡畫冰天香在色，薄施雲粉瘦添肥。幾回籬落行吟去，擬借王恭鶴氅衣。

張世光

梨雲

淡白姿容迥出塵，歌成王建幻疑真。三分春色留寒食，一樹香魂寫美人。洛下晚妝羞俗艷，巫山曉夢現前身。隨風誤向朝衣點，綉作花葩鬥彩新。

張世光

杏雨

玉欄干外聽鳩啼，雲掩春林絳蠟迷。浮靄色添花板潤，濕烟痕壓酒帘低。曲江園啓簾櫳霧，深巷人來屐印泥。正好催耕菖葉緑，花村荷笠看扶犁。

桃漲

張世光

無端畫出錦江晴，遠水翻空瀲灧明。香徑三春紅雨暗，小池一夜緑雲平。鴨頭船上波肥鱖，雁齒橋低浪掣鯨。莫是武陵源不遠，問津我欲泛舟行。

柳絲

張世光

攀折經年憶舊枝，柔情旖旎又今時。條條離恨行人去，縷縷春愁少婦知。軟帶烟痕鸎密織，誤驚鞭影馬飛馳。風流自笑非張緒，絆惹韶光待倩伊。

花片

張世光

春色闌珊減綺叢，落英驀地撲簾櫳。斜飄籬角蝶隨艷，輕點波心魚啖紅。碎錦零星飛作雨，游絲牽惹挂當風。閑情細向階前數，瓣比徐熙更不同。

草夢

張世光

人世祇傳懷夢草，那知草亦夢難醒。春風吹破杳三徑，夜雨驚回緑一庭。河畔鴛鴦慵未起，陌頭蝴蝶化無形。偏能幻入詩人筆，高咏池塘句有靈。

蝶魂

張世光

栩栩風流逞玉腰，深紅倦宿惜春嬌。夢中應悟莊周化，香裏何煩宋玉招。多爲鶯捎鶯不定，每逢花落黯然銷。芳情一縷渾無迹，難倩滕王粉筆描。

梅雪

翁紹海寄塘

萬樹瓊姿映碧巒，天氣玉戲幻奇觀。空山寂寞難鈎影，高士丰標本耐寒。別有陽春誇宋玉，可能香夢贈袁安。此中色相原無著，肥瘦何妨一樣看。

梨雲

翁紹海

秋千黯黯月沉沉，獨讓梨花皎一林。白地光分天女錦，陽臺春透楚臣心。色嬌不耐寒輕重，香遠誰憐夢淺深。細雨黄昏門獨閉，乞他長護海棠陰。

杏雨

翁紹海

蝶醒紅樓夜四更，被池如水瓦溝鳴。巢成燕子無多日，人到江南第幾程。香徑泥黏飛絮影，銅街春冷賣花聲。一蓑烟雨扶犂望，逐婦前村又喚晴。

桃漲

翁紹海

天邊九曲下昆侖，三月黄河盛漲新。鷗鷺無心先覺暖，魚龍得氣亦知春。門前浪擊登瀛客，洞口花招問渡人。竹楗金堤勞保障，苦難作飯慰斯民。

柳絲

翁紹海

和雨和烟一萬枝，長堤垂柳又垂絲。玉關信遠牽愁易，金剪風微挂影遲。日下有人縈别恨，天涯何處繫相思。漢南莫爲婆娑嘆，珍重柔條未老時。

花片

翁紹海

竟遣花枝一片飛，妝餘半面學徐妃。轉憐秋艷猶成朵，誰挽東皇不放歸。芳草渡頭光瑣碎，夕陽馬首影依稀。禪心我已參泥絮，漫逐楊絲繞客衣。

草夢

翁紹海

春事瞢騰春意撩，蘼蕪影裏碧迢迢。癡雲倦雨懷三月，軟水溫山剩六朝。盡有因緣尋蛺蝶，那須荒幻説芭蕉。萋萋又送王孫去，記否金微路一條。

蝶魂

翁紹海

曬粉噙香倦午晴，悠悠脉脉復盈盈。驚緣墜葉三分怯，飛借游絲一縷輕。偶遇桃花疑倩女，莫談秋水誤莊生。詩情縹緲終難返，擬度羅浮上碧城。

梅雪

梅成棟樹君

訪戴樓前動畫橈，冰痕誰信上梅梢。不知隔水花全放，衹道空山凍未消。放鶴人來迷古徑，騎驢客恐斷危橋。冷香漠漠真成海，淡月疏烟一望遥。

梨雲

梅成棟

淺淡花梢映海棠，冰魂猶現美人妝。溶溶月色忽疑雨，漠漠春陰何處香。素朵簪時封鬢影，玉容立處想衣裳。朝來恍惚巫山夢，和雨和烟壓象床。

杏雨

梅成棟

十里微陰冪古壇，東風有意與拋殘。飄來竹笠香應濕，灑上羅衣艷未乾。作勢斜翻晴院落，無聲輕撲畫闌干。曉來點點蒼苔下，誰把胭脂細淚彈。

桃漲

梅成棟

東風門外綠莎洲，吹引桃花入漲流。贈别怕逢江口渡，送人偏上武陵舟。更無粉面臨波照，可有琴魚逐片浮。九曲浪高千轉恨，禹門何忍再回頭。

柳絲

梅成棟

綠雲裊裊拂長堤，花事纏綿草復萋。曉陌擬牽游子駐，畫樓悄綰綉簾低。飛花欲落慵難捲，乳燕空穿剪未齊。萬縷相思千縷恨，隨風搭在玉欄西。

花片

梅成棟

一片芳心到地香，幾時零落此殘妝。沿溪有意招漁父，弄水何人賺阮郎。燕涴香泥留廢院，蟻銜春色到宫墻。拾來宛轉堆情字，又被風吹上下狂。

草夢

梅成棟

憶從南浦送王孫，一夢淒迷日易昏。憔悴似傷前日別，朦朧難返舊時魂。美人卧處憐青冢，名士吟成感白門。可否杜鵑能喚醒，東風蓖蔌此情根。

蝶魂

梅成棟

舞衣零落舊泥金，剪紙難招幻影沉。似有癡情迷草夢，欲隨倩女立苔陰。雙雙紫玉成烟後，渺渺青陵賫恨心。一點淒迷人不覺，五更風雨落花深。

梅雪

姚承恩朗山

怪來香夢到袁安，窗外梅花玉雪攢。爇罋紅爐應是點，烹將玉鼎不成團。東風料峭三分白，明月闌干五夜寒。一種冷魂銷不盡，清芬細嚼尚流酸。

梨雲

姚承恩

仿佛瀛洲玉雨賒，輕雲深淺冪梨花。香流院落溶溶遠，陰上墻陽淡淡遮。一片素羅迷夜月，二分紅影伴朝霞。青旗沽酒前村路，低襯騷人鬢影斜。

杏雨

姚承恩

宴集瓊林二月春，纖廉細雨曲江濱。紅滋沽酒村前路，香滴簪花座裏人。聽徹小樓鄉夢遠，賣來深巷屐痕新。三農已慰瞻蒲意，耕破輕烟紫陌塵。

桃漲

姚承恩

鱖魚肥好浪花高，蜀錦沿溪放碧桃。喚渡每尋楊柳岸，問源應是武陵濤。飛來紅雨深千尺，泛起青波漲半篙。翹首天臺知不達，乘風直欲載輕舠。

柳絲

姚承恩

半拂平堤半拂波，條長條短倩誰搓。繫來灞岸吟鞭裊，牽起陽關客思多。風裏暗抽憑燕剪，雨中無那任鶯梭。柔情萬縷相思緒，欲絆春光緩緩過。

花片

姚承恩

風風雨雨減芬菲，零落胭脂上翠微。點水魚空隨影唼，隔簾蜂尚抱香歸。堆成碎錦吹仍散，挽住晴絲倦不飛。可惜芳魂任飄泊，碧叢深處對斜暉。

草夢

姚承恩

怪道如茵匝地鋪，王孫歸去夢模糊。一池鶯穩安眠甚，三月鶯啼喚醒無。慵煞冬心青不覺，驚回春事緑才蘇。六朝風景迷離認，點綴斜陽入畫圖。

蝶魂

姚承恩

不信滕王善寫生，芳魂一縷畫難成。最憐春盡尋無迹，怕有鶯捎夢也輕。癡繞香痕招未返，苦縈花事驀然驚。亭亭倩女疑卿化，幻影迷離認未清。

梅雪

徐楊緒小梅

唱罷紅羅韵較凉，幾番閣筆試平章。生來玉質非寒相，天爲瓊姿助素妝。清白積成香世界，聰明净見鐵心腸。東君欲問春消息，認取枝頭未盡霜。

梨雲

徐楊緒

搓球團絮兩難憑，望裏晴烟覺共蒸。寂寞重門香片片，迷離深院影層層。洗來寒食妝如許，分得巫山夢未曾。却記青旗沽酒處，玲瓏滿樹月初升。

杏雨

徐楊緒

曲江風信記初更，釀得輕陰滿畫城。沽酒屐黏村徑滑，賣花聲送小樓清。一枝露濕愁芳蝶，十里烟迷隱倦鶯。最是年年寒食節，暮鳩啼處正催畊。

桃漲

徐楊緒

昨夜香波長渡頭，仙源當日記曾游。篙痕淺簇紅雲膩，橋影平添錦浪稠。三月閑愁隨去水，二分春色在中流。天臺有路休惆悵，好趁汪倫送客舟。

柳絲

徐楊緒

細影垂垂碧似烟，短長亭畔杏花天。記曾陌上歌金縷，難向天涯綰玉鞭。風信關心剛試剪，光陰彈指到飛綿。柔條莫笑嬌無力，繫得春愁又一年。

花片

徐楊緒

不因風妒倦辭枝，莫向瑶階惜剩脂。玉是昆山分得後，錦從金谷剪零時。拈來素指供微笑，覆向芳樽賭預知。更喜瓊英能點額，含章殿裏曉妝遲。

草夢

徐楊緒

倦游曾許續春駒，牽引慵情到緑蕪。陌路風光尋惝恍，池塘波影憶模糊。半生覆鹿嗟同幻，三月流鶯喚未蘇。好向黄粱初熟後，别留醒眼看榮枯。

蝶魂

徐楊緒

亂紅飛處正無聊，似惹閑愁損玉腰。夢裏分明隨我化，春來多半爲花銷。芳情難借滕王拓，倦魄羞從倩女招。悄向闌干呼鳳子，輕盈莫更逐風飄。

梅雪

姜鍾喆荔坪

忽訝寒梅繞碧峰，無端積雪壓重重。飛鴻迹杳留香韵，尋鶴人歸拄冷筇。白逗三分憐玉瘦，春來十里聚花濃。逋翁高卧孤山麓，莫認袁安夢裏逢。

梨雲

姜鍾喆

梨花妝就悄無言，淡抹輕雲羃小園。惆悵東欄遲日暮，霏微春雨浄香痕。鞦韆別院晴籠絮，蝴蝶閑庭月滿門。遮斷青旗沽酒路，一枝掩映對芳樽。

杏雨

姜鍾喆

輕陰漠漠雨霏霏，恰趁濃開杏四圍。深巷花聲驚夢冷，小村帘影帶雲飛。烟籠絳雪鳩頻喚，香濕紅樓燕未歸。羡彼江南風景麗，畫圖摹處認依稀。

桃漲

姜鍾喆

波濤飛下萬重灘，滚滚桃花浪淼漫。別浦暗添新翠軟，野橋晴涌落紅殘。堪憐薄命隨流水，空負東風倚畫欄。爲報漁郎休問訊，料應再到武陵難。

柳絲

姜鍾喆

垂楊幾樹淡烟遮，裊裊晴絲絆酒家。古渡斜陽飛淡宕，小橋新雨密交加。曾縈別恨依芳草，爲綰春愁戀落花。莫化青蘋歸水國，又隨游子到天涯。

花片

姜鍾喆

閑庭寂寞蝶初忙，偶有花飛瓣瓣香。倩女定教驚柳夢，美人端合點梅妝。蜂鬚抱處斜穿牖，蟻背馱來倒上墻。可惜晴絲罥不住，流鶯銜出畫樓旁。

草夢

姜鍾喆

盼斷天涯碧草蕪，斜陽風景迹模糊。迷離冷夢眠蝴蝶，驚破春風叫鷓鴣。北里鶯花芳意醒，南朝烟雨緑魂蘇。王孫去後情無限，爲問今朝記也無。

蝶魂

姜鍾喆

飛來蛺蝶影翩翩，一縷香魂劇可憐。幻夢驚回啼鳥徑，芳心銷盡落花天。月明何處招韓婦，春冷還將吊葛仙。最愛滕王高拓手，羅浮逸韵筆尖傳。

李雲樓瘦山

梅雪

開遍園林復水濱，模糊衹訝雪精神。踏疑銀海香生屐，卧老空山絮滿身。池館飛來迷睡鶴，溪橋擁斷誤歸人。藐姑仙子聰明質，玉笛偷翻亦墮塵。

李雲樓

梨雲

迷離高下樹奇峰，花謝花開有淡濃。小院閑飛春片片，深林微掩月溶溶。無心遥向春山缺，弄影全將屋角封。恰趁美人新睡起，一枝斜壓鬢鬔鬆。

李雲樓

杏雨

連朝微雨透重簾，新水溪邊昨夜添。有客江南愁畹晚，何人樓上聽廉纖。潤沾深港泥雙屐，霧鎖前村酒一帘。正是野田遥在望，扶犁深處土膏黏。

李雲樓

桃漲

小溪近日水流渾，滚滚桃花錦浪翻。渡口香留新過雨，橋邊苔没舊時痕。一篙鱖美浮西塞，千點波摇下孟門。惟有行踪忘不得，片帆三月到湘沅。

柳絲

李雲欀

青溪橋畔大堤頭，萬縷千條踠地柔。欲較短長縈別緒，微搖南北絆離愁。荒郊帶雨閑鞭犢，前渡垂綸有繫舟。寄語東風加護惜，當年思曼最風流。

花片

李雲欀

含情無計惜芳菲，碎錦零紅片片飛。時共燕泥銜上苑，又黏蛛網挂斜暉。因風起舞能高下，墮地無聲有瘦肥。若解拈來成妙諦，瓣香自與俗情違。

草夢

李雲欀

忪惺宿草滿郊原，又逐東風夢一番。睡去似同春意懶，驚回恰趁鳥聲喧。已拼芳信埋三徑，剩有微烟護一村。珍重欲歸歸及早，休教醒眼怨王孫。

蝶魂

李雲欀

難將踪迹覓花房，容易因風上下狂。幻影低迷飛絮白，關心猶繞菜花黃。全銷紅雨三生恨，合斷寒梅一縷香。金粉描來俱不是，謾言舊稿拓滕王。

梅雪

沈湘春帆

冷艷非關雪作團，梅花消息露林巒。堂開玉照香疑凍，人卧羅浮夢亦寒。幾處山腰飄酒幔，何須驢背據吟鞍。横斜距遜三分白，笑索檐牙興未闌。

梨雲

沈湘

梨花庭院晝沉沉，雲氣氤氳翳滿林。淡月微茫時弄影，餘香落寞本無心。模糊莫辨青旗色，縹緲猶聞玉笛音。醞釀枝頭疑帶雨，待他分潤到墻陰。

杏雨

沈湘

滿園紅杏散花英，錯認沾衣雨未晴。活色生香飄綉陌，和烟帶霧撲簾旌。胭脂細染冰綃艷，村店濃遮酒旆輕。最愛霏霏如碎錦，午橋莊外晚霞明。

桃漲

沈湘

新漲連天卵色浮，桃源曾記武陵游。潭深千尺紅攙雨，浪涌三篙緑瀉油。蓬島烟霞迷渡口，畫船簫鼓泛溪頭。鱖魚風味江南好，何日歸帆趁碧流。

柳絲

沈湘

弱柳絲絲帶曉烟，春光牽惹又經年。聽鸝有館垂金縷，盤馬長堤絆玉鞭。黄絹入時工組織，翠樓爲爾思纏綿。萍踪無定隨飛絮，勾引鄉心夕照邊。

花片

沈湘

游絲十丈裊晴空，花片輕飄小院中。刺綉窗前粘砌碧，踏青人去罥衫紅。香痕亂颭三叉路，錦假新裁一剪風。芳草斜陽低映處，隨波流出畫橋東。

草夢

沈湘

幽夢沉沉宿草根，經冬未醒恨王孫。春風漸覺新生意，野火猶迷舊燒痕。蝴蝶關情參色相，蜻蜓醉眼易黄昏。年年悟徹榮枯理，底事天涯滯客魂。

蝶魂

沈湘

悵我離愁未可消，如何蛺蝶也魂飄。化機合倩韓憑悟，詩夢應教謝逸招。三月烟花迷不醒，六朝金粉恨難銷。祝英臺近翻新譜，落魄東風認玉腰。

梅雪

陸鳳鈞秋生

絮樣迷離玉樣寒，幾枝疏影下林端。如何冷淡留香久，料得聰明索笑難。清夢好扶驢背去，前身原共美人看。斷橋風景孤山路，多少詩情月未闌。

梨雲

陸鳳鈞

月色溶溶早閉門，鞦韆扶影弄黃昏。一般帶泪愁難洗，半是無心淡有痕。䰀鬀祇宜裁素縞，衣裳合想護芳魂。如何眉嫵秋情薄，玉笛吹開未忍論。

杏雨

陸鳳鈞

廉纖纖就濕燕支，漫認桃林放牧時。深巷賣來醒客夢，江南春早唱歸期。半村帘影紅拖地，一夜東風緑滿枝。回首長安雲日麗，好將圖畫入烟炊。

桃漲

陸鳳鈞

溪口紅衣颭夕陽，一篙新溜好鳴榔。鱖魚上市春江暖，小鴨銜波花汛忙。古渡争喧逢淺笑，（亞）[椏]枝添影入横塘。落英片片隨流水，賺得劉郎與阮郎。

柳絲

陸鳳鈞

青青難綰别離愁，和雨和烟態更柔。著意欲牽春不斷，多情轉眼鬢常秋。吟鞭拂處千回裊，花片吹來一串妝。底事鶯梭抛未得，有人凝睇在妝樓。

花片

陸鳳鈞

捲簾何處剪刀風，裁出芳菲一搦紅。碎錦分明春熨貼，瓣香牽惹玉玲瓏。輕于蝶翅描難軟，薄似雲心淡欲烘。小樣生綃烟月裹，幾番錘鍊奪天工。

草夢

陸鳳鈞

揩眼平原嚮緑莎，踏青偏又唤春婆。六朝金粉興亡幻，一夕池塘風雨過。穩睡不知花事早，貪眠似厭别離多。朦朧愛伴鴛鴦宿，河畔難醒奈爾何。

蝶魂

陸鳳鈞

招得羅浮夢不回，芳情渺渺費疑猜。迷離倩影埋香去，飄泊春心合眼來。弱不禁銷憐粉褪，驚偏易斷爲花開。有人剪紙輕相唤，草緑南園又一堆。

梅雪

王權虎卿

到眼寒光看未真，遥從花外悟花身。昏黄尚待三分月，淺淡争開五出春。每向空時來遠勢，轉于肥處露清神。尊前知有林和靖，畫意詩情得解人。

梨雲

王權

雨態烟姿浄亦華，憑空洗出一庭花。蝶來墻角衣全化，人憶樓頭面半遮。素影遥宜籠皓魄，軟風吹不到鄰家。春深院宇虚窗外，好借光明護絳紗。

杏雨

王權

林光黯黯澹雲中，灑上胭脂點滴融。聽去無聲香徹上，添來薄暈影浮空。到枝風力沾俱濕，貼樹烟痕染欲紅。料得畫欄人已醉，看花慵未下簾櫳。

桃漲 王權

滿樹紅霞艷欲燒，溪烟一帶好鳴橈。更番信數剛三月，前渡人迷第幾橋。臨水無言花對影，凌空一笑柳平腰。不知嫁與東風後，去住曾無怨弄潮。

柳絲 王權

千條萬緒惜芳菲，陌上年年綰落暉。去客難留情裊裊，繫春不住影依依。霜痕怕染新宮鬢，金縷全拋舊舞衣。桃李爭開垂未起，忍隨狂絮滿天飛。

花片 王權

丰神還比舊如何，曾向嫣紅隊裏過。占到最高經雨驟，開緣太早被風多。絮泥已付天魔女，萍水真逢春夢婆。一霎流光歸泡影，任飛茵溷總消磨。

草夢 王權

叫煞啼鵑喚未回，鴛鴦鎮日暖相偎。慵生南浦人初去，睡入西園念已灰。羅襪同眠埋玉處，香鈎空負踏青來。王孫底事歸期晚，一晌貪歡在大槐。

蝶魂

王權

金粉迷離作夢游，南園花事驀回頭。幾番欲斷來香國，真個能銷是畫樓。招去可憐無宋玉，幻中果否是莊周。紅情綠意知多少，一化成烟恨也不？

梅雪

無錫嵇文錦雲裳

溪畔寒梅白意賒，尚疑六出門横斜。休教皮相無雙士，不假鉛華第一花。月滿空林醒曉夢，鶴歸緱嶺落明霞。虎山橋下香成海，遥指江南説故家。

梨雲

嵇文錦

疑霧疑烟總不分，梨花院落鎖氤氲。芬菲品第歸瀛雨，縹緲吟懷繞夢雲。香藹半林縈淡月，春愁一片罥斜曛。可堪客思清明裏，寂寞闌干對此君。

杏雨

嵇文錦

醖釀更番消息通，繽紛杏雨一簾紅。沾衣色染單衫艷，賣巷腔傳碎錦叢。村店旗看迷宿霧，玉樓人欲醉東風。春膏潤浹歸時路，指點花光十里紅。

桃漲

嵇文錦

三月桃花新水下，春江漲影認前磯。無邊紅海瀾翻活，不盡青溪緑暈肥。篙没蜂窩三尺軟，橋平雁齒一痕微。好乘雙漿尋源去，逢得烟林話夕暉。

柳絲

嵇文錦

春草春波劇可憐，柳絲兜惹倍纏綿。纖纖弱態愁縈雨，裊裊柔姿欲罥烟。亭外花驄無力繫，渡頭畫鷁任情牽。一歌金縷添離緒，擬把長條綰少年。

花片

嵇文錦

一片能教一斷腸，玉容委蜕卸芬芳。落霞散碎空江影，剩粉飄零半面妝。幾瓣鶯銜春恨薄，數星魚喋艷痕忙。紛紛蜂蝶情無限，閑逐殘紅過短墻。

草夢

嵇文錦

荒徑蘼蕪一覺醒，東風吹逗夢惺惺。情牽南浦無窮碧，魂繞池塘不斷青。六代祇餘銅狄怨，三生可幻玉奴形。燒痕活遍春酣足，曉露朝來綴幾星。

蝶魂

嵇文錦

尋芳尋艷困春情，栩栩魂飛薰徑縈。離幻可能同倩女，迷茫又欲化莊生。返時懶共偷香去，招處應知逐絮輕。隱現神光原莫定，滕王金粉拓難成。

梅雪

凌泰磐石齋

數遍前村與後村，是梅是雪香無痕。開成全樹香盈海，冷入空山月到門。疏影模糊高士宅，淡妝隱約美人魂。常留曙色春風裏，休向林間問曉昏。

梨雲

凌泰磐

梨花開處白成團，點綴輕盈護嫩寒。有韵不妨遮院落，無心獨自倚闌干。玉容寂寂春愁重，冷艷陰陰午夢殘。怪底一枝偏帶雨，置身本在五雲端。

杏雨

凌泰磐

春雨曾將五色誇，而今又見杏林花。一天紅破催耕地，十里濃沾賣酒家。灑遍胭脂餘燦爛，濯來錦綉門繁華。撩人無限歸心起，夢繞江南路幾叉。

桃漲

凌泰磐

倏看水面解春冰，但有桃花即武陵。無數亂紅催片片，一番新緑送層層。吹開錦綉風猶緩，悟到文章價益增。翹首龍門知不違，定應破浪快飛騰。

柳絲

凌泰磐

春光已到柳梢頭，宛轉絲拖別樣柔。分得千條縈舊恨，抽成萬縷繫離愁。和烟欲舞輕無力，帶雨常低散不收。堤畔幾回鞭影動，依依引上酒家樓。

花片

凌泰磐

却將春色付春風，吹得花飛片片紅。新燕掠殘芳草地，流鶯銜出上陽宮。冰心自抱雕闌外，雲影濃分小苑中。向晚東溪明月挂，一般巧樣照千叢。

草夢

凌泰磐

東風吹暖到窗前，細草平鋪夢乍牽。苒苒驚回啼烏候，離離喚醒賣花天。舒將翠帶慵初起，屈似金鈎瘦可憐。争奈一痕青不了，又從南浦送征鞭。

蝶魂

凌泰磐

領略春來物外情，翩翩粉蝶夢魂清。偶經宿雨常疑斷，但遇飛花每自驚。心事也知隨倩女，行踪衹合問莊生。風流妙處難尋覓，縱有滕王畫不成。

調寄菩薩蠻

梅雪　唐澂

紅羅亭畔簫聲冷。輕綃欲寫春無影。猜是玉妝成。香來分外清。　瓊雲吹面面。是處曾相見。遮莫在瑶臺。相逢縞袂來。

前調　梨雲　唐澂

玉容寂寞誰爲主。風簾數點催妝雨。一樣展春痕。有人深閉門。氤氲疑出岫。素影窺清瘦。試舞白霓裳。時聞藹藹香。

前調　杏雨　唐澂

猩紅幾點含新萼。一簾細雨春陰薄。試與玉奴看。濕雲嬌暮寒。吹花剛節到。爛熳春猶鬧。記得小樓前。累儂聽未眠。

前調　桃漲　唐澂

鴨頭波染層層緑。尋芳直到秦原曲。昨夜雨如絲。潮添畫舫知。雙橈輕付與。春色濃如許。剗過小橋東。靴紋皺碎紅。

前調　柳絲　唐澂

一絲罥住秋千索。一絲搭上闌干角。金縷阿誰搓。流鶯爲擲梭。長亭人送別。試綰相思結。觸緒鎮無聊。攀枝賦六幺。

前調 花片　唐澂

瑶柯暗度香雲滿。東南樓上珠簾捲。紅雨聽無聲。匀鋪碎錦成。花風纔幾信。殘玉飛成陣。有意托微波。春歸可奈何。

前調 草夢　唐澂

碧闌干外池塘路。南柯記有鶯飛處。烟影半瞢騰。王孫歸未曾。相思朝復夜。莫共春駒化。倘化斷腸花。芳愁未有涯。

前調 蝶魂　唐澂

雙雙粉翼芳叢戲。玉腰怎許游絲繫。一晌殢香塵。將魂付與春。花間如中酒。真個能銷否。三月落紅沉。虧他入夢尋。

梅雪　姚學英

翠羽啁啾月滿村，梅花又似雪花翻。玉容添得三分艷，粉本描成六出痕。疏影淡分高士鬢，暗香冷入美人魂。擬烹石鼎消詩渴，掃得瓊霙伴酒樽。

梨雲

姚學英

溶溶月色夜初沉，一抹梨雲淡不禁。幾縷情縈楊柳絮，半階香護海棠陰。清妝亦入巫陽夢，烟態重翻玉壘吟。欲覓青旗沽酒路，迷離薄靄屐難尋。

杏雨

姚學英

風雨瀟瀟近曲闌，杏園花事半闌珊。小樓聽徹吟情苦，野店輕飄粉點殘。沽酒客來憐屐濕，看花人去怯衣寒。錦坊十里迷紅霧，游騎渾疑畫裏看。

桃漲

姚學英

送别人來艷雪飄，武陵烟水暗魂銷。仙源香斷三叉路，古渡春生一夜潮。紅霧濛濛迷畫槳，緑雲隱隱鎖溪橋。臨波粉面今何在，好倩東風仔細描。

柳絲

姚學英

絲絲楊柳影空濛，織出鶯梭態更工。金縷歌殘迷曉月，玉鞭人去悵東風。似牽別恨拖殘緑，爲逐春愁綰落紅。少婦離情千萬緒，傷心祇在夕陽中。

花片

姚學英

萍末風開翠一奩，又吹花片落簾纖。緑隨雨點黏蛛網，紅逐游絲撲綉簾。墻角餘香容蝶抱，波心墜瓣任魚唫。胭脂狼藉蒼苔畔，人倚妝樓恨又添。

草夢

姚學英

芳草無心傍午眠，華胥一夢入春烟。六朝金粉成追憶，三月鶯花感蕎然。蝴蝶化來情悄悄，杜鵑叫破恨綿綿。連床風雨懷人夜，更有池塘妙句聯。

蝶魂

姚學英

癡魂撩亂戀芳菲，紅褪羅浮舊舞衣。剪紙招來情栩栩，落花驚斷影飛飛。十分香態隨烟化，一片仙踪入夢微。款款玉腰風外返，恍疑倩女出羅幃。

梅雪

海寧楊秉一筠軒

共把陽春著意争，幾枝斜壓幾枝横。慵來妝愛輕施粉，冷淡交深定有情。一樣精神皆迸露，三分顔色較輸贏。人間天上偏同調，伴有餘芬味更清。

梨雲

楊秉一

李花開後柳花前，團出輕陰欲蔽天。一片素妝渾是玉，幾分淡月半迷烟。層層院落冰綃薄，靄靄園林縞袂聯。數陣東風吹不散，青旗沽酒緑溪邊。

杏雨

楊秉一

十里溟濛轉畫輪，鞭絲忽静馬頭塵。賣來巷裹枝枝濕，行到江南處處春。花板潤憐人未下，帽檐斜插澤偏新。尚書别有閑心緒，閉户拈毫覓句頻。

桃漲

楊秉一

武陵挂席過清明，風雨通宵忽放晴。兩岸紅隨流水急，一溪碧與小橋平。泛來之子啼妝泪，添得漁郎鼓櫂聲。人在門中波接檻，丏漿崔護最關情。

柳絲　楊秉一

春風吹動一枝枝，牽得離愁不自持。燕剪鶯梭拋擲處，紅亭綠酒奈何時。天涯客綰同心結，陌上人纏獨繭絲。想是天公亦惆悵，故將情緒露參差。

花片　楊秉一

隨風不覺墮清樽，輕比生綃淡有痕。點額試妝傳巧様，鑿金貼地憶銷魂。銜來燕寢泥成壘，粘上蜂鬚晝掩門。最是年年寒食後，落紅拂面過前村。

草夢　楊秉一

淡霧濛濛入户庭，輕烟漠漠鎖郊坰。一番小雨渾如醉，幾日流鶯喚未醒。蝴蝶迷離魂化碧，邯鄲迢遞路浮青。鈿車錦轡斜陽暮，遮莫王孫没定形。

蝶魂　楊秉一

花落鶯啼淡夕暉，空林何事尚依依。撲來會上驚應斷，化到人間戀未歸。牧笛荒村清夜月，漁歌古岸美人衣。莫言踪迹微如縷，隨意栖枝得意飛。

梅雪

錢步文東墅

天教兩美門新鮮，梅雪争春劇可憐。香到寒時方耐久，色從淡處轉增妍。孤山鶴去天初冷，紙帳吟成客欲眠。留得聰明如許净，合教位置百花先。

梨雲

錢步文

梨花開處暮雲濃，玉笛輕吹趁好風。香護樓臺春寂寂，寒遮院落月溶溶。閉門風雨人初去，欹枕軒窗夢乍通。幾度釀成春酒熟，銜杯猶覺蕩心胸。

柳絲

錢步文

春色匆匆幾日過，柳絲摇曳又如梭。縈將春夢閨情遠，綰得羈愁恨别多。縷縷緑隨波水漾，毶毶紅倚夕陽拖。不堪回首丁沽路，獨對長條聽櫂歌。

花片

錢步文

花時隨處足招尋，閲遍繁華費苦吟。西子化生猶有骨，東風吹落果何心？樓臺歷亂春無主，藩溷飄零恨不禁。願化羅浮雙蛺蝶，銜將片片上瑶林。

杏雨

錢步文

廉纖小雨逗庭軒，紅杏枝頭碎錦翻。薄暮樹疑添翠靄，嫩寒人自怯黄昏。賣花深巷鶯聲細，沽酒前村屐齒喧。我是江南未歸客，者番風景倍銷魂。

桃漲

錢步文

三月春波緑似油，桃花添漲入江頭。尋源便擬仙山去，鼓棹還從錦浪游。流水送將天地老，繁華閲盡古今愁。浮家擬作乘槎客，好向天臺問阮劉。

草夢

錢步文

久嗟黄落幾時更，夢逐東風草欲萌。幾許幽情疑化蝶，若爲唤醒待啼鶯。西堂得句春猶悄，南浦懷人恨未平。大抵芸生皆幻景，時來弱植自敷榮。

蝶魂

錢步文

栩栩相看身外身，蝶魂猶自殢陽春。氤氲衹合依花氣，幻化猶應現美人。别有仙姿矜縹緲，還從香國鬥精神。滕王粉木高千古，畫到虛空恐未真。

梅雪

金淳 樸亭

忽訝經春雪未消，老梅開處傍溪橋。淡迷寒月花三徑，冷對空山酒一瓢。玉骨暗侵孤鶴夢，冰魂冷逐凍雲飄。紛紛日暮添詩興，驢背相逢谷口樵。

梨雲

金淳

一抹香痕瘦不禁，梨花春雨護春陰。溶溶深鎖朱門静，漠漠香飄畫閣深。棠院春殘風下捲，玉階人對月微吟。緑窗寂寞黄昏後，滿地繽紛蛺蝶尋。

杏雨

金淳

瀟瀟一夜雨聲幽，芳杏開時破旅愁。十里淡紅來陌上，一枝淺笑出墻頭。賣花有屐來深巷，剪燭何人坐小樓。如此光陰欣莫負，欲尋香徑聽鳴鳩。

桃漲

金淳

渡頭昨日理漁蓑，桃葉桃根唤奈何。流水半生憐薄命，美人一笑托微波。素鱗自涌三春浪，紅雨新添九曲河。咫尺仙源誰指路，沿溪漠漠白雲多。

花片

金淳

花枝零落晚春天，一片飛來一可憐。碎錦已教風剪割，殘紅猶被柳絲牽。已隨流水浮漁浦，又點新妝上翠鈿。化作彩雲吹四散，餘香飄漾晚風前。

柳絲

金淳

幾絲摇曳雨初晴，盡日垂垂繞客程。春思已同金縷結，柔情欲逐玉鞭輕。牽來別恨生南浦，綰得離愁嚮渭城。撩亂客懷攀不得，柔條怕駐子規聲。

草夢

金淳

行過長亭復短亭，凄迷芳意冪烟汀。蘇經小雨初回緑，睡傍冬山尚未青。鶯囀玉樓呼欲起，馬嘶金埒唤纔醒。王孫一去魂應斷，河畔朦朧擬化螢。

蝶魂

金淳

一帶朱欄接翠蹊，翩翩小影忽東西。宿貪香國花枝午，眠入春陰柳色迷。倏欲斷時驚雨落，黯然消處怕鶯啼。搜紅訪緑情多少，夢返南園草復萋。

梅雪

吴蔭椿

空山冷意最堪思，一片寒光映短籬。松月明時神朗澈，竹風吹處白迷離。踏來好共霜禽語，尋去欣同粉蝶窺。高士芳踪應不遠，烟消徑邈卧多時。

梨雲

吴蔭椿

輕盈帶雨一枝濃，散入芳園薄暮逢。淡抹庭前雲漠漠，輕飛院落月溶溶。玉階立倚春陰静，金屋妝殘緑鬢鬆。最是黄昏憐寂寞，巫山夢裏淡妝慵。

杏雨

吴蔭椿

探來消息雨聲勻，文杏催開三月春。青飃一旗沽酒路，紅沾雙屐看花人。小樓一夜餘殘燭，深巷今宵净洗塵。日薄烟消寒最早，東君點綴一番新。

桃漲

吴蔭椿

雲津暖漲入桃花，灼灼風光望眼賒。新雨緑添三月水，前溪濃浸一川霞。波連別浦飛紅雨，路近仙源隔絳紗。夾岸漁舟相泊處，清波好送夕陽斜。

柳絲

吴蔭椿

似爲離人挂別愁，銷魂橋畔盡嬌柔。有時嬝娜臨春水，不盡纏綿傍畫樓。真個能拋金縷未，可能縈得玉鞭不？灞陵長短亭邊望，萬縷千條挽客留。

花片

吴蔭椿

一片輕盈一片紅，絲絲吹出海棠風。蟻拖春色宫墻上，燕啄香泥畫棟中。無力流隨桃葉渡，有時妝點壽陽宫。何人裁碎天孫錦，撒作繽紛舞碧空。

草夢

閻履方坦齋

夾岸東皋長緑莎，好風陣陣舞蓬婆。西園惆悵芳踪渺，南浦模糊暮雨過。鋪徑香茵游騎少，隔簾春色睡鄉多。不知謝客池塘夢，詩思于今更若何。

蝶魂

閻履方

到眼韶華又一回，蝶魂杳杳費疑猜。祇應莊叟分身去，未許滕王寫照來。褪粉有情時恍惚，抱香無力故徘徊。玉人睡起揮羅袖，撲到深園錦綉堆。

調寄菩薩蠻

梅雪

楊禮宗

瑶臺一霎天花現。瓊英掩映香千片。瘦骨欲添肥。空山玉屑霏。東風誰管領？何處尋疏影。昨夜月黄昏。騎驢人到門。

前調

梨雲

楊禮宗

銀雲一抹輕舒捲。飛英入望誰深淺。夢影不分明。空庭靄靄生。迎風看舞態。

寂寞重門閉。素采任離披。深林鳥不知。

前調 杏雨　楊禮宗

紅腔唱醒樓頭夢。幾番花雨和春送。芳徑恐沾泥。憐他蝶翅低。　竭來沽酒處。十里雲連樹。好是踏青時。衣香濕未知。

前調 桃漲　楊禮宗

溪頭昨夜波痕長。香雲幾疊分雙槳。疑是啓珠奩。春從鏡裏添。　胭脂剛著色。望處深千尺。記得渡春江。相逢姊妹雙。

前調 柳絲　楊禮宗

垂垂碧柳烟如織。抛殘金縷嬌無力。不肯繫花驄。關心二月風。　綠雲搓作綫。斜掠雙飛燕。何處綰離情。長亭更短亭。

前調 花片　楊禮宗

飛英片片階前漾。芳心脉脉添惆悵。不許亂春愁。東風吹上樓。　拈來香在手。

顔色依然否。庭院影沉沉。枝頭猶誤尋。

前調 蝶魂　楊禮宗

闌干十二春纔透。玉腰底爲探花瘦。樹底去蹁躚。相逢總黯然。羅浮親侍曲。曾占風流福。昨夜雨瀟瀟。愁他真個銷。

前調 草夢　楊禮宗

流光乍向閑中換。流鶯苦向愁中喚。喚起睡朦朧。迷離月影重。本來眠綉陌。暮雨剛三月。第一最關心。塘池有舊吟。

惜瓊花 梨雲　楊禮宗

含烟碧。霏霧白。正重門静掩，一片春色。昨宵幽夢迷香國。簾幔沉沉，魂斷難覓。□空濛，如絮擘。又明蟾似水，涼沁吟魄。澹痕依約鞦韆隔。花貌參差，無盡相憶。

整理者按：原稿抄録過程中有脱字。據《欽定詞譜》『惜瓊花』詞牌，該詞下闋首句脱第一字，係仄聲。

梅花引　梅雪

楊禮宗

烟如沐。霧如縠。縞衣初試人如玉。月痕融。雲氣濃。水花齊孕，夢回紙帳中。小橋風冷騎驢客。魂斷瓊枝迷淺白。佩珊珊。水漫漫。素心誰托，笛聲吹暮寒。

宴桃源　桃漲

楊禮宗

風送落花舞。又向碧波流去。何處覓仙源？曾記漁郎問渡。歸路。歸路。回首一川紅雨。

蘇幕遮　杏雨

楊禮宗

乍尋春，春欲去。似剪春風，吹斷絲絲雨。昨夜樓頭聽未住。膩粉零香，但覺春無主。信難憑，情莫訴。人憶江南，飄泊今何處。沽酒荒村芳草路。泪濕紅綃，夢遠相思阻。

一斛珠　花片　楊禮宗

紅愁緑惱。枝枝剪碎東風峭。藥欄苔徑都遮到。如此飄零，埋没春多少。惜翠不辭羅襪小。殷勤呼婢開簾掃。倩他朝旭烘乾了。一枕裝成，香夢鴛鴦好。

菩薩蠻　柳絲　楊禮宗

金梭多謝流鶯織，烟梳霧沐絲絲擘。摇蕩任東風。有人雲鬢鬆。陌頭千萬縷。停綉渾無語。難繫玉驄忙。别愁如許長。

蝶戀花　蝶魂　楊禮宗

柳眼啼烟花泣露。清影翩翩，恣意尋香去。十里南園芳草路。細風吹斷渾無主。春盡春來□幾度。粉褪衣輕，飄蕩隨風絮。和夢游仙仙栩栩。不成又是莊生悟。

整理者按：該詞原稿于抄録過程中脱一字，據《欽定詞譜》『蝶戀花』詞牌格律，係下闋首句第五字。

攤破浣溪紗　草夢

楊禮宗

一片蘼蕪緑意濃。西堂有客對春風。閑倚闌干詩思澀，眼朦朧。　渺渺伊人何處覓，蘧蘧幻境者回逢。誰倩池塘開妙想，托神工。

沽上梅花詩社存稿 · 第五集

插柳

天津梅成棟吟齋

一種銷魂樹，行行插綠波。最宜經雨活，生恐受風多。此日牢根脚，他時庇客過。莫輕攀折汝，春意正婆娑。

插柳

丹徒徐楊緒小梅

誰插沼門柳，長條更短條。無心傍朱户，有夢到紅橋。宅記先生住，魂宜介子招。東風會相拂，莫便折吟腰。

插柳

淩泰磐石齋

罷帖宜春字，依依又綠楊。迎人寒食節，回首永豐坊。點綴描新黛，安排鬥曉妝。輸他松柏性，總不傍門墻。

插柳

唐澂月魚

清明傳俗尚，插柳任紛紜。製向桃符仿，香從艾葉分。烟痕連砌雨，絮影漾簾紋。隱約淵明宅，垂垂護緑雲。

插柳

天津姚承恩朗山

劈得絲絲柳，深痕復淺痕。折來青入畫，盼到緑垂門。酒旆前村共，花旌隔户翻。清明烟雨裏，翠影伴黄昏。

插柳

樊彬文卿

宛是桃符換，柔荑帶緑痕。眉描誰倚户，腰折笑當門。細縷縈青瑣，新絲映緑幡。韋莊詩『彩幡新剪緑楊絲』。凝妝人忽見，樓上□□□。

整理者按：原稿抄録過程中有失誤，『凝妝人忽見，樓上』句後脱三字。

試茶

天津梅成棟吟齋

綠霧初搴蕊，紅雲小焙芽。一爐炊杏火，半甑沸松花。味好何妨淡，泉香未足誇。旗槍新雨後，石鼎貯烟霞。

試茶

沈湘春帆

新茶剛焙得，槐火試親煎。烟颺花風裏，香分穀雨前。龍團誇味美，蟹眼沸珠圓。茗活吟懷暢，詩成七碗先。

試茶

唐瀓月魚

節剛逢穀雨，恰好試新茶。岸幘看雲乳，銅瓶煮露華。一甌清舌本，七碗沁心花。石鼎聯吟處，閑尋陸羽家。

試茶

無錫嵇文錦雲裳

初試雨前茶，丁簾篆影斜。新泉剛好汲，文火候無差。雀舌瀾翻活，蠅聲鼎竅嘩。等閑風習習，春意二分賒。

試茶

天津姚承恩朗山

貢茗出山家，春風好試茶。石泉新漱碧，槐火嫩煎芽。香擬餐梅萼，清疑煮雪花。盧仝傳七碗，詩思想高華。

試茶

樊彬

聽唱茶歌罷，龍團手自烹。一旗先雨摘，七碗欲風生。泉味誰同品，詩懷愈覺清。日高纔睡足，靜趣寄瓶笙。

試茶

天津李雲楣采仙

浥彼茗泉潔，聊將槐火炊。烟輕縈土銼，味好瀹新瓷。山雨初晴後，園花欲笑時。清香留一碗，自足沁詩脾。

試茶

王權虎卿

揀得龍團細，煎來蟹眼勻。蘭芽香正沸，榆屑火初新。坐對評花候，烹宜待雨人。一簾烟霧裏，清味絶纖塵。

浴蠶

梅成棟吟齋

愛此蜎蠉子，經綸滿腹藏。宛如湯餅會，小試浴盆香。一曲桃花水，三春玉女妝。紅窗晴護惜，要摘屋邊桑。

浴蠶

徐楊緒

蠶事商量早，金盆浴正宜。化機全在握，素質妙含滋。清白前生貴，經綸後日期。會須銘此意，黼黻獻隆時。

浴蠶

沈湘

門對清流住，關心競浴蠶。向陽攤葦箔，滴水濕筠籃。柘館迎風戾，桑陰帶露酣。馬頭神賽罷，忙月話江南。

浴蠶

嵇文錦

艷節届三三，光陰正浴蠶。幾攢星點黛，一抹水拖藍。桃漲晴生暖，萸痕潤細涵。喧闐聽社鼓，衣被萬方覃。

浴蠶

姚承恩

馬頭村落暖，簫鼓叠三春。白水燈前灑，青桑箔裏匀。待時須盥濯，用世即絲綸。蛾繭何人飼，紅閨翠袖新。

浴蠶

樊彬

携得紅蠶小，清流洗濯頻。箔應承葦早，人比浣花新。露葉看同潔，冰絲吐自匀。采蘋南澗外，歸祀馬頭神。

浴蠶

王權

籬落桑陰合，蠶娘捧種時。桃花初映水，玉手正臨池。喜有經綸在，先令冷暖宜。紅窗延旭日，待爾吐新絲。

浴蠶

金淳

蠶事春來急，荒祠瓦卦陳。市將三月近，種似一川新。遲日烘烟水，香渠照美人。他時成五色，黼黻待經綸。

浸稻

梅成棟

未布黄雲地，先忙緑雨天。插當梅子候，浸在菜花前。事類麻應漚，滋含㲉正圓。農家辛苦意，莕井汲春泉。

浸稻

徐楊緒

乞得琅琊稻，携來浸碧泉。新聲催布穀，嘉種記鳴蟬。淺水防鸎啄，平塘誤鴨眠。笑儂空抱研，負郭尚無田。

浸稻

凌泰磐

農事江南早，人來水一方。關心分籽粒，計日課温凉。籃底芒抽緑，波間殼破黄。柴門相近處，穩卜稻花香。

賣花吟

梅成棟

雪裏培根霜後芽，許多珍重在貧家。一年辛苦栽花意，不解憐花莫賣花。
姹紫嫣紅沿路過，金錢能築海棠窠。寒家怪道無花看，盡被朱門買去多。
挑出園林白板扉，癡情蝴蝶惜芳菲。紅香送入朱門去，猶自雙雙繞擔飛。
紫韵紅腔百轉幽，一聲聲過粉墻頭。誰家小婦新妝罷，忽地聞聲下翠樓。
小朵丰姿鏡裏顔，紅窗插近玉人鬟。花枝亦似人遭際，金屋茅籬指顧間。
難得生紅久不蔫，托根可似未開前。如何不落行人手，瓦缶金樽盡可憐。

賣花吟

徐楊緒

錦樣風流玉樣嬌，艷陽天氣趁晴挑。關情獨有雙蝴蝶，慣逐簫聲過畫橋。
和烟和霧壓雙肩，一捻香痕值幾錢。羨爾此生免飄泊，鏡臺曾受美人憐。
小摘筠籃入市忙，年年消受好風光。豪門莫漫矜珠翠，浪擲金錢總欠香。
纔信三生有夙因，長安多少看花人。擔頭尚有餘香在，還似雲英未嫁身。
桃紅李白一枝枝，濃淡參來轉自疑。今日春非昨日比，不知那樣合時宜。
不多顔色總銷魂，曾荷東皇百種恩。倘未逢時應待價，莫教容易到朱門。

賣花吟

沈湘

深巷人來笑語嘩，紛紛賣遍路三叉。香閨似爲鴛鴦夢，懶對菱花插鬢斜。
聽他紫韵又紅腔，嬌脆聲聲隔小窗。買得一枝剛并蒂，畫眉人自比雙雙。
如酥香雨潤花街，弓樣纖纖印鳳鞋。細數金錢含笑擲，背人簪上鏤金釵。

賣花吟

翁紹海寄塘

六朝穠麗帝王都，三月烟花入畫圖。姹紫嫣紅開不盡，此中曾有國香無。
茵溷由來總莫論，懶從蘭絮證塵根。金樽瓦缶空饒舌，笑煞江南李嘯村。
城南記識賣花翁，春信年年送曉風。此日雨絲風片裏，有人騷首嘆飛蓬。

賣花吟

凌泰磐

聽殘昨夜雨瀟瀟，無數濃香逐路飄。莫道春光留不住，春光都在一肩挑。
生與繁華最有緣，春風來往記年年。笑他聲價何曾重，許看西施祇一錢。
一春盼斷遠人回，曉起無心對鏡臺。底事小鬟忙報道，賣花人又送花來。
漫説春光買最難，美人多向鬢邊安。可憐村落貧家女，但有花容鏡裏看。

賣花吟

唐澂

春光連日滿江城，鞲扇催花五色成。十二樓臺楊柳外，一竿紅日喚聲聲。

玉質繽紛應候開，幾番采擷似憐才。碧桃花下雙蝴蝶，也解尋香入市來。

小園深處隱紅霞，約伴朝來摘露華。記嚮簸錢堂下過，有人梳洗待簪花。

賣花吟

嵇文錦

廿四番風醞釀之，惜花心事賣花知。天工不使徒榮落，教把芳名九陌馳。

深巷行吟路短長，閑隨燕子啄泥忙。紅腔紫韵輕相遞，口角春風到處香。

點綴蕭齋處士家，幾枝清供膽瓶斜。文章聲價從今悟，新樣翻成即好花。

漫説名花高世心，怪他一樣賣黄金。孤芳空谷伊誰問，散作騷人艷體吟。

賣花吟

姚承恩

宜雨宜晴二月天，賣花門巷又經年。東風不管閑愁續，吹得春聲到耳邊。

竹籬門外小橋西，一路楊花踏作泥。惟恐春歸人不覺，一聲聲喚到深閨。

幾回高唱午風清，喚得江南客夢驚。祇有詩人倍惆悵，來朝知已是清明。

賣花吟

樊彬

斷魂聲遠入高樓，深巷人來宿雨收。喚醒鴛衾春夢好，滿窗紅日懶梳頭。
自將生計托群芳，蝴蝶風前笑共忙。春色人家分作主，歸來空剩一身香。
點綴名園別樣新，擔頭先占十分春。紅腔紫韵年年事，幾見亭臺換主人。

賣花吟

李雲楣

滿園春色艷堪誇，淺白深紅色色賒。一自挑將城裏去，不知春色到誰家。
千紅萬紫盡搜羅，日嚮紅樓幾度過。盼得貴家人著眼，好花不過得錢多。
一隨粉蝶入朱門，位置由他缶與樽。何似空山伴猿鶴，自開自落自無痕。
小窗一夜雨聲酣，春色遥知壓滿籃。回首金陵舊游日，杏花時節住江南。
小闢園林一徑斜，笑移春色到貧家。不嫌面目寒酸甚，也愛人間富貴花。

賣花吟

王權

朝傍花餐暮與眠，梅花數到楝花天。衹因要買酴醾醉，來換紅閨萬選錢。
楊枝桃葉舊傾城，譜入群芳記未清。行近畫樓聲仔細，知誰小字是花名。
淡白深紅紫間黄，鮮新都趁近時妝。一春辛苦花間力，贏得玉人頭上香。

賣花吟

金淳

雨餘香徑草如茵，提出筠籃曉日新。正是紅閨春睡足，一聲喚出畫簾人。
小樓聽雨夢魂清，半擁香衾無那情。欲試曉妝慵未起，隔墻聞賣海棠聲。
養花天氣半晴陰，梨白桃紅總入吟。春色半肩小雨後，觸人一片惜花心。

沽上梅花詩社存稿……第六集

銀河篇

梅成棟

淼淼銀河水，無岸復無底。縱有天船星，櫂楫何人理。妾家黃河西，郎游黃河東。一去無消息，不爲浪與風。擬駕輕舟尋郎去，東西南北知何處？河邊終日盼郎歸，郎踪已似風飄絮。莫謂銀河無底深，鵲橋渡過猶堪尋。莫謂銀河濶無岸，隔河牛女時相見。黃河那有銀河寬，吁嗟相逢如此難！人言牛女傷離別，我羨年年歲歲有團欒。但求此生有日與郎會，願移織女住黃河，妾身遠立銀河外。

終軍弃繻

梅成棟

一擲繻頭笑口開，丈夫不貴不空回。捫胸信有長纓在，俗眼寧知仗策來。如此英年偏磊落，無須關吏費疑猜。大言亦竟能成事，莫謂書生盡菲才。

班超投筆

梅成棟

苦海無邊是硯池，墨中濡首到何時？頭顱縱似千毫秃，名姓難教萬里知。破虜祇應煩鐵戟，書空安用此毛錐。笑余不作封侯夢，老去難抛這一枝。

相如題柱

梅成棟

貧賤無人識長卿，都亭曾記夢横行。何時天上揮文藻，且向橋邊署姓名。游戲已拋犢鼻賤，飛揚欲趁馬蹄輕。請看柱底文瀾水，猶作當年走筆聲。

馬援據鞍

梅成棟

百戰歸來雪鬢殘，殿前猶白挽袍襴。馳驅健似彎弧日，矍鑠争從攬轡看。死羡沙場包馬革，生羞湖上跨驢鞍。揮鞭意氣無人畫，料得雲臺寫照難。

銀河篇

沈湘

雲羅四捲凉風起，一道銀河瀉秋水。雲薄天高澹不收，耿耿長流千萬里。月殿星階接渺茫，分明影不隔紅墻。鵲橋穩駕香車渡，鳳杼初停錦幄張。鴛鴦綺結迴文字，雙星密密通情思。忽唱天鷄曙色催，臨河又洒相思淚。相思淚洒無已時，銀浦年年悵别離。天上别離有時見，人間睽隔獨歸遲。阿儂生小鹽官住，久客丁沽不得渡。誰憐孤旅滯漁津，空望鄉書横雁路。寒衣歲歲滯天涯，聽到砧聲忽憶家。淼淼江波千萬里，舉頭天漢望仙楂。

終軍弃繻

沈湘

入關莫笑弃繻生，有志功名信早成。不用合符神岸异，果然健節氣縱横。西游素願期書帛，南越奇謀獨請纓。乘傳歸來猶弱冠，一時下吏想歡迎。

班超投筆

沈湘

報國當如定遠侯，誰言此筆不輕投。凌烟果有圖形願，擲地真成脱穎謀。且放毛錐思借箸，行馳羽檄代持籌。勸君莫笑中書秃，萬里生還亦白頭。

相如題柱

沈湘

肆酒難將塊壘澆，且揮健筆試題橋。奇文欲待長門獻，壯志先從砥柱標。直上青雲留後約，有如白水誓今朝。他年駟馬重經處，認取虹梁墨未消。

馬援據鞍

沈湘

汗馬勛勞孰比肩，據鞍争看馬文淵。年來戰伐悲銅鼓，老去風雲付玉鞭。顧盼自雄嗤伏櫪，馳驅惟命跨連錢。縱消髀肉神猶壯，矍鑠如翁畫不傳。

銀河篇

凌泰磐

秋風瑟瑟秋天碧，秋露珊珊秋月白。萬里銀河一綫明，牽牛織女遥相隔。牽牛織女各一天，東西悵望年復年。誰知此别忽成例，散作相思滿大千。妾家舊傍江南住，良人飄泊長安路。楚水燕山隔不通，黄河即是銀河渡。閨中日日數歸期，盼到秋來七夕時。天上定須消别恨，人間未免動離思。填橋烏鵲知多少，何不化爲精衛鳥。填平萬古此銀河，萬古相思情亦了。

終軍弃繻

凌泰磐

西游終不困窮廬，此去何勞裂帛書。壯志直看持節後，英風猶想入關初。傳來驛路聲華重，問到行旌法令疏。太息欲將南粤下，功名衹在廿年餘。

班超投筆

凌泰磐

紫塞黄沙作壯游，封侯不藉管城侯。直將事業垂青史，肯以詩書誤白頭。海外能開新壁壘，毫端漫說舊風流。可知十載寒窗坐，多少英雄願未酬。

相如題柱

凌泰磐

待作天家柱石臣，橋頭字影寫頻頻。出山早已籌歸路，賣賦原難寄此身。車馬去經名利地，龍蛇走示往來人。他年衣錦重相過，記否留題墨尚新。

馬援據鞍

凌泰磐

垂老猶堪百戰爭，但看馬上氣縱橫。揮鞭直指千山路，攬轡能輕萬里行。自覺鬢眉還似昔，何須髀肉嘆重生。丰神迥异雲臺將，知有丹青畫不成。

銀河篇

嵇文錦

長空一碧天氣凉，星斗錯落騰光芒。銀河耿耿横中央，單凫寡鵠情凄惶。憶昔携手河之梁，牽衣惜别期借臧。君行萬里形彷徨，妾歸吊影守空房。十年坎坷君身當，妾以一心歷歷嘗。縈縈脉脉各一方，思君不來枉斷腸。妾也生憎命不良，魂游關塞路渺茫。願化爲石永相望，身欲奮飛痛在床。淹淹血泪枯兩眶，從兹死别吞聲長。人説天孫離别傷，一年一度會合常。豈知人世苦參商，一江秋水愁汪洋。那如烏鵲渡銀潢，行者不來居者亡。即便來時骨亦僵，轉世或作雙鴛鴦。

嵇文錦

終軍弃繻

弱冠英風迥不群，弃繻艷説古終軍。請纓北面行酬願，係祖南還待策勛。裂帛未須關尹合，剖符應得丈夫分。將來持節重經此，細認前年舊戰裙。

嵇文錦

相如題柱

慕藺才華久不虚，升仙橋畔記相如。題名待脱囊中穎，輔漢曾傳圯上書。天子動容裁詔處，美人結契奏琴餘。（采）［彩］虹影裏龍蛇舞，未必縈情衹駟車。

嵇文錦

班超投筆

筆投天外作龍吟，萬里侯封起壯心。報主果能爲國士，傳家何必盡詞林。干時應笑毛錐戰，决策須知虎穴尋。悔不捨旃如定遠，管城束縛到于今。

馬援據鞍

嵇文錦

擐甲如飛矍鑠翁，據鞍顧盼有餘雄。冰霜影感頻年鬢，霹靂聲鳴舊日弓。銅柱勛名銜勒上，米仙形勝控弦中。伏波未老還臨敵，走馬西陲好獻功。

銀河篇

翁紹海

桐雲澹抹秋痕凉，空房切切啼寒螿。愛看秋星客不寐，新蟾明浸秋河長。長河耿耿不可渡，女牛昔日曾相遇。一從碧海鎮相望，似隔紅墻無覓處。碧海紅墻感慨多，千秋不斷此情波。靈槎何處得仙棹，烏鵲難填是愛河。別離兒女星霜久，天涯風浪年年有。伴月含星無盡期，雲鬟玉臂空回首。家住錢塘赤岸東，銀河聞説水相通。相思望斷琴高鯉，飆舉虚憐列子風。冰輪玉葉勞相向，長楊悔向金門上。升沈事業問君平，鑿空功名羞博望。人間天上思悠悠，感遇懷鄉托女牛。愁多漫比春江水，真與銀河萬古流。

銀河篇

姚承恩

吁嗟乎銀河之幻不可論！但見上亘紅墻萬里縹緲之天垣，下入黄河九曲不測之深源。碧宇似有濤聲喧，銀波淼淼空中翻。牛女相望哭聲吞，隔河脉脉雙無言。吁嗟征人去玉門，馬邑龍堆墨水渾。十年征戍陣雲屯，妾身獨處秋燈昏。空房悄悄掩泪痕，綉幃颸兮寶枕存。仰見銀河接昆侖，對此如何不斷魂？安得魂飛絳漢叩天閽，白榆歷歷手自捫。阿儂心事問天孫，人間誰種此情根？願隨織女駕雲軒，翻轉銀河如傾盆。愛水情波一瀉奔，洗出澄然無離無合、無思無怨之乾坤！

終軍弃繻

姚承恩

木麟有對霽天顔，記否西游步入關。年未膺冠真壯往，勛將垂帛豈徒還。分符久已嗤關吏，建節從今下越蠻。請得長纓頒印綬，不教紳笏備朝班。

班超投筆

姚承恩

壯志甘從虎穴求，傭書豈是丈夫謀。非無奇策逢青眼，不肯低心事黑頭。骨相一生飛食肉，功名萬里覓封侯。如何抛得毛錐後，老唱刀環阿妹愁。

相如題柱

姚承恩

意氣昂藏此一行，升仙橋畔墨縱横。才宏似海空天地，筆大如椽署姓名。武帝從今誇賦手，文君久已艷琴聲。梁園詞翰傳千古，豈爲高車寫不平。

馬援據鞍

姚承恩

馬革何妨誓裹尸，豈因垂老壯懷移。少年已盡馳驅力，健骨雄餘顧盼時。款段丰神嗤阿弟，慨慷心志靖蠻夷。雲臺非避椒房戚，難畫將軍矍鑠姿。

銀河篇

高繼珩

露洗秋天天氣清，滿天星宿光如晶。黄姑織女隔兩岸，中界銀河一綫明。黄姑牽牛飲河沚，側身禁孌原雙美。誰教無匹怨匏瓜，恨煞盈盈衣帶水。天孫顧影太姗姗，望夫山畔泪闌干。通詞漫把微波托，甘抱龍梭耐曉寒。兩心脉脉情曷已，眼前銀漢非溱洧。既説仙人變化多，何難日跨琴高鯉。胡爲乎拼將寂寞遣良宵，拼把癡魂逝水消？一年一度鶼鶼會，猶待天邊鵲架橋。我勸黄姑休太癡，我勸天孫休泪垂。

二萬聘錢償不足，却將倘美怨伊誰。銀河清淺無風浪，今宵且把離懷暢。一刻綢繆一寸金，春心轉借秋光釀。君不見世上勞人徒草草，世間思婦知多少！閨夢纏綿旅夢孤，悵望銀河直到曉。我今擬作銀河篇，欲挽銀河滌筆尖。袖中縱有支機石，難覓城都人姓嚴。

銀河篇

范圻

感懷

八尺龍鬚方坐褥，泥金帖起鮫綃綠。香薰蘭麝茜紗溫，侍兒懶剪椒花燭。司香孺子靜于禪，出水亭亭解語蓮。情嶂但遮仙佛果，風流不了普陀緣。玲瓏骰子安紅豆，成句牡丹染出燕支透。雙環畫壁憶春時，相思最怕光陰舊。馬嘶金勒響鳴珂，十斛真珠塞上多。唇頰纖纖人似玉，空教牛女悵銀河。銀河耿耿牽幽夢，軟紅十丈風吹送。唾壺擊缺少知音，幾回錯檢釵頭鳳。迢迢官路阿香車，剪水雙瞳看欲花。回盼長亭亭外柳，者番腸斷鄰侯家。而今婀娜推金屋，蕭郎肯係蒼生福。翠娥一簇泪娟娟，當秋怕惹傷春目。一騎緘書瞀欲來，那知關塞正徘徊。無邊私語洪喬陷，渴煞相如倚馬才。吁嗟乎霜天午夜鷄聲曉，書生難耐前情繞。披衣起視月盈庭，仰天徒覺銀河杳。

銀河篇

王權

夜涼小閣停針梭，開簾寂寞看銀河。銀河天際自迢遞，閨中愁比銀河多。銀河不信無涯岸，秋來底事人不見。天上不知有別離，無端遮斷歸來雁。去年歡笑勝今年，銀河邊廂月正圓。如何人愛銀河好，翻被銀河分各天。銀河西流漏又轉，金鴨香銷衾未展。料得山程水驛間，有人亦見此清淺。

終軍弃繻

王權

廟堂不次擢群英，奇士如操左券行。輿馬紛看持節使，風塵回憶弃繻生。拂衣早有凌雲氣，揮手曾聞擲地聲。函谷關前無覓處，絲絲化去作長纓。

班超投筆

王權

一字爭如兩石弓，壯夫終不事雕蟲。芸窗已擱蒙恬筆，竹帛偏書定遠功。毫穎飛空馳檄羽，雲烟化盡想邊風。待逢圖畫勛臣日，藉爾神傳阿堵中。

相如題柱

王權

十丈紅塵冠盖馳，道旁多少犢褌兒。何來賣酒門前客，題出升仙柱上詞。豈是子虛烏有説，請看駟馬赤車時。衹今漫滮全無字，橋外波瀾氣尚奇。

馬援據鞍

王權

威名銅柱聳神州，馬齒頻增感白頭。吕尚晚成膺節鉞，廉頗再起試驊騮。駑駘或免爲馮婦，款段終當謝少游。陛楯小兒休匿笑，來隨鞭鐙也封侯。

銀河篇

李雲楣

玉兔無聲宫漏永，流螢光濕銀屏影。參横斗轉夜將闌，一抹明河秋耿耿。初爲斜指復低垂，痕曳長空委素輝。翠色縱横分雁侶，寒波泛濫浸人衣。泛濫寒波清且淺，逶迤直接龍城遠。多少征人立馬看，洗兵壯士誰能挽。有時絡角傍茅檐，頓使閨中暗恨添。波流冷沁鴛鴦瓦，練静斜侵玳瑁簾。玳瑁簾前風露重，關山萬里遥相共。西流無主自朝昏，可憐游子難成夢。最是游人夢不成，起看今夜更分明。樓高何處吹簫侶，夜静誰家搗練聲。玉繩夜夜看横直，一條界破青天色。欲乘秋水覓知音，恐隔紅墻通不得。安得黄河萬里槎，乘風迢遞到天涯。天涯無限相思意，吹送相思到妾家。伴月含星常顯晦，仰看牛女遥相對。年年靈鵲一填橋，一度秋來一相會。豈料相思似女牛，盈盈隔水幾春秋。何當挽得靈源水，一洗人間萬古愁。

終軍弃繻

李雲楣

聞説終童西入關，弃繻意氣杳難攀。壯游豈許留符合，有志終須仗節還。自是書生多磊落，從教關吏識容顔。英風莫漫譏年少，多少行人鬢已斑。

班超投筆

李雲楣

不作書傭誤白頭，翻然萬里事封侯。丈夫有志何須爾，寸管無靈且暫投。籌畫定期邊月静，淋漓横掃陣雲秋。一枝莫道無家學，著史還爲弟妹留。

相如題柱

李雲楣

長卿才調本凌雲，橋上留題迹尚存。再過儀容期駟馬，一心齷齪笑王孫。蜂腰預識他年事，犢鼻羞稱舊日褌。負弩前驅緣底事，行看牛酒獻當門。

馬援據鞍

李雲楣

矍鑠當年誇是翁，將軍垂老尚從戎。揚鞭自覺精神健，攬轡驚看顧盼雄。壯志常思尸裹革，奇勛行見柱標銅。圖形休爲椒房惜，衹恐雲臺畫未工。

終軍弃繻

樊彬

繻弃何知歸路難，不教年少誤儒冠。立功佇見長纓請，無用應同敝屣看。符竹重來終建節，布衣此去竟登壇。曳裾多少侯門客，褌蝨真宜一例觀。

相如題柱

樊彬

何堪滌器困泥塗，橋柱留題氣象殊。誰爲高文供筆札，聊同畫壁滿江湖。先聲自卜凌雲壯，歸路人甘負弩趨。狗監功名原捷徑，白頭差可慰當爐。

班超投筆

樊彬

雕蟲事業總堪羞，燕頷真宜萬里游。法笑如毛刀筆吏，相非食肉管城侯。壯夫不共中書老，弱妹空能國史修。邊塞功成飛羽檄，風雲腕底氣横秋。

馬援據鞍

樊彬

老去猶存矍鑠姿，蠻江萬里願驅馳。長城飲馬心原壯，瘴雨迷鳶瘁敢辭。自古英雄傷髀肉，至今顧盼想鬚眉。如何裹革平生志，回首翻思款段騎。

銀河篇

金淳

銀潢一抹流清影，碧宇無塵秋耿耿。纖雲捲盡空階凉，絡緯聲聲咽金井。瓜果誰家乞巧筵，紅閨嬌女畫樓前。凝眸仰盼雲軿駐，似有星娥在眼前。人言今夜雙星渡，不見雙星到一處。依舊銀河一綫横，兩情脉脉遥相注。吁嗟征人事遠游，年年書寄隴西頭。曰歸只隔隴頭水，隴水西來萬里流。此水即與銀河通，地久天長瀉不窮。征人與妾得相逢，除非牛女雙居銀漢東。

終軍弃繻

李雲櫰

弱冠西上當年此弃繻，終童意氣壯難摹。請纓胸已懷成竹，裂帛何勞作後符。□□□□□，雄關四扇客程孤。他年仗節重相過，猶識今吾是故吾。

整理者按：該詩頸聯出句脱五字。

班超投筆

李雲櫰

萬里畢竟毛錐誤此身，弃如遺屣嘆沉淪。虎頭自具封侯骨，兔穎難爲得意人。行旌凋雨雪，三春宿草静風塵。玉關未入空惆悵，敢信生還作舜民。

相如題柱

李雲櫰

名達莫把儒生笑蠹蟫，升仙橋畔墨痕深。拈將絶代驚人筆，寫出奇才蓋世心。

九重輕駟馬，詞憐一賦重千金。橦花萬里丹山路，多少遺踪説至今。

馬援據鞍

李雲穰

矍鑠丰姿顧盼雄，將軍老去尚談戎。椒房已誤凌烟畫，銅柱空標汗馬功。地險百蠻諳聚米，力開八石尚彎弓。據鞍聊復誇英健，不把龍鍾愧老翁。

沽上梅花詩社存稿……第七集

邗江詩夢小叙

陸鳳鈞

丙戌九月十四夜，與陳石生同年自津門歸里，舟泊邗江。夢至一荒徑，古墓蒼涼，夜色岑寂，因坐墓旁。予題五律一首于碣上，不自知所題何事也。既見碣傍有七律一首，下注『和詩』二字。驚悟，杳無所得。鷄唱時復續前夢，二詩了了在目。是夢非夢，醒而録之，究不知和詩者爲誰也。爰繪圖以紀其事。

夢中題墓詩

陸鳳鈞

數點凉螢裏，蕭條夜色枯。有山皆拱月，無路不通湖。當世誰青眼，秋原尚緑蕪。可憐吟魄在，風雨破寒廬。

整理者按：原稿附《碣上和詩》云：『自笑窮山作計迂，安身荒徑木同枯。無多明月來佳士，盡累棠梨伴老夫。得志詩書看上達，關心兒女在長途。諸公六十年前事，兩世因緣憶我無？』

邗江詩夢圖叙

張世光

經輔嗣之山丘，徹宵譚老；還休文于月夜，列坐論詩。吾于陸氏，嘆所遇之神焉。然而各爲主賔，形骸不隔，偶爾邂逅，去來無因，未有若隱若見、忽即忽離，憑幻境以示象，指前塵而寄意，如秋生邗江詩夢之奇者也。蓋自丙秋歸省，道出維揚，城郭烟晚，郊原氣沈，艤舟于岸，静水不波。推篷嚮空，清光如畫，長轡遠引，顧而樂之。亡何，俯仰蒼茫，感懷今昔，情不自已，悄然而悲。志綿邈而彿鬱，神惚恍而迷離。四顧無人，二客從予。撫古墓之松柏，忽成歌嘯；眙豐碑之文字，幾費摩挲。雲和雪倡，竹竿之句如答；參横月落，李樹之魂頓驚。悵覆鹿之已忘，冀化蝶而復續，于是重尋懷草，再現曇華。賦赤壁之後游，捫碧落而熟讀。從此巴峽之泊，如聽吟聲；寶山之回，不教空手。夢固奇矣，詩尤甚焉。夫街衢鼓絶，酬槐根于中秋；棠梨花開，唱芹芽于寒食。大底自抒性情，未必與爲投贈。而乃窮山飲恨，兩世相感；枯木傷心，三生待證。六十餘季以上，定有因緣；五十六字之中，殊多感慨。語言微示，認摩詰之前身；姓字不留，恐豐干之饒舌。事在可解不可解之間，義符先知覺後知之例。以此云奇，奇何如也？嗚呼！夙分難追，新詩都在，後來取驗，大夢方醒。此性常存，慎勿忘夫故我；兹圖不朽，何妨説向癡人。

題邗江詩夢圖

梅成棟

夢中怪事何不有，千里香山見元九。隔世神交奇更奇，秋生夢感前生友。殘碣無名古墓荒，蒼凉感嘆低徊久。前詩凄咽吊古人，後詩慘澹傷寡偶。謂詩非君詩，何以述君口？謂詩是君詩，又非出君手。一夢模糊再夢真，精魂似求詩不朽。世間靈氣足感通，死魄生魂暗相守。今生角哀忘伯桃，前世程嬰懷杵臼。陰陽道隔鬼神明，此理冥冥可代剖。雲冷天荒六十年，交情具見詩兩首。若非夙世有因緣，秋夢迷離何足取。吁嗟乎棠梨花落月明中，枯骨寒燐埋半畝。他時君再返揚州，難向叢碑覓此叟。

題邗江詩夢圖

翁紹海

兩世緣分六十霜，笛聲何處感山陽。老夫佳士重圓夢，始信詩家眷屬長。

明月棠梨絶妙詞，貞珉仿佛寫淋漓。詩人化去饒風雅，絶勝人間没字碑。
緑楊城郭水雲村，來往扁舟憶舊痕。曾否前生留半面，秋江我欲訪詩魂。
詩書兒女繫情癡，解脱何當學導師。打破虚空皆粉碎，本來無夢亦無詩。

整理者按：該詩無題，據詩意補題。

調寄滿江紅

徐楊緒

渺渺茫茫，不信又、明明白白。把六十年前舊事，重題墓碣。春草池塘前度恨，緑楊城郭今宵月。但吟來、淒似廣陵簫，江樓笛。莫漫道，千秋筆。莫便信，三生石。是文章因果，書生結習。料得有情皆我輩，恨無好夢從君覓。嚮莫昏、約略寫詩魂，燈明滅。

題邗江詩夢圖

錢步文

鄉心已逐大江流，兩世因緣重唱酬。底事詩成人不見，冷雲和月照荒丘。

得志誰爲上進才，長途兒女總關懷。此翁畢竟多情甚，隔世猶尋舊雨來。未必今吾勝故吾，癡心我欲問斯圖。再遲六十年來後，更有詩人續夢無。

整理者按：該詩無題，據詩意補題。

題邗江詩夢圖

凌泰磐

我聞東坡人中鳳，路過華清得詩夢。太真環佩久無聲，裙帶詩詞迎風弄。

二十四顆夜明珠，醒來邠老堪持送。又聞尤陸豎詞壇，放翁入夢夜初闌。詩囊酒榼閑容與，白萏紅蜓句帖安。夢中得意醒遺失，偶補數字詞不刊。或夢丹篆吞入口，或夢腸胃親滌剖。或取錦綉填心胸，或登岣嶁認蝌蚪。夢兆示人無端倪，夢中續夢唯吾友。吾友秋生本詩豪，津門寄迹偶游遨。剛喜識荆忽賦别，挑燈煮酒讀離騷。薊北江南隔郊甸，歲晚丁沽重相見。示我夢中續夢詩，幼婦詞合稱黄絹。聞初入夢境模糊，殘碑字迹手難摹。因緣恍惚結再世，醒後桃源迷前途。黑甜鄉熟頻來往，愁魔告退吟魂暢。仿佛卧觀索靖碑，巍然贔屭仍在望。按韵分行頃刻成，賢人四十文生情。幻詞光燭訶摩殿，彩雲影散芙蓉城。夢中得句難分曉，夢中續夢古亦少。

坡翁夢後無傳人，放翁詩嗣秋生紹。

整理者按：該詩無題，據詩意補題。

題邗江詩夢圖二首

沈湘

綠楊城郭外，孤艇泊江濱。舊夢迷衰草，荒墳聚野燐。分明情欲訴，唱和句通神。

六十年前事，關心未了因。乍醒訝茫然，無端夢復圓。棠梨爲爾伴，兒女悵誰憐。故友逢今夕，新詩記夙緣。披圖增感慨，留取証他年。

整理者按：該詩無題，據詩意補題。

調寄沁園春

高繼珩

小住歸帆，一覺揚州，分明夙緣。見豐碑三尺，青燐暗點，新詩兩首，墨瀋猶鮮。原唱蒼凉，和章凄咽，結習難忘劫後天。求妙手，把夢中夢寫，夢境依然。機關頗費尋研。何處覓春婆子細圓。嘆一場幻迹，空餘泥雪，百年泡影，都化雲烟。他日探花，榮歸晝錦，定繫扁舟緑樹邊。攜此册，向秋墳高唱，聊慰重泉。

題邗江詩夢圖

姚承恩

孤舟歸路泊蕪城，寒葦蕭騷夜五更。夢裏豐碑疑再世，詩中交道憶三生。烟迷古墓秋無迹，水涌空江月有聲。寫入圖間增幻想，由來才士總多情。

整理者按：該詩無題，據詩意補題。

題邗江詩夢圖

李雲楣

一覺揚州夢，秋風老客船。新圖描約略，幻境感纏綿。路隔人間世，神游物外天。豐碑縈蔓草，孤冢冷荒烟。剩有棠梨伴，曾無姓字鎸。幾時傷鶴化，于此卜牛眠。不盡莊生嘆，非關季子賢。抒情題五字，埋恨吊重泉。祗覺吟魂寂，俄看墨瀋鮮。比才真倚馬，何計慰枯蟬。殘夢驚初斷，新詩記未全。泥鴻重覓去，蕉鹿尚依然。似訴神交久，還膺俗累牽。諸君勞齒齒，雅意托拳拳。路記三千里，人經六十年。關心兒女恨，屈指死生緣。懷抱今猶昔，風騷鬼即仙。是翁殊杳杳，乃夢亦元元。向我痴人説，慚無妙語傳。模糊陳梗概，聊用補吟箋。

整理者按：該詩無題，據詩意補題。

題邗江詩夢圖

金淳

見説詞人夢亦清，秋江潮落小舟横。二分明月來荒隴，兩首新詩證夙盟。得句恍疑前世事，推篷猶憶苦吟聲。生綃一副三生譜，聊寄鄉思驛路情。
蕪城秋老晚凉天，燈暗孤篷照客眠。夢裏殘碑誰作合，幻中小聚或疑仙。風凄樹杪人何在，波冷江心月正圓。繪得新圖征异境，堪留佳話印前緣。

整理者按：該詩無題，據詩意補題。

題邗江詩夢圖

李雲穰

寒流濊濊鳴沙灘，空江夜泊星滿天。枯蘆荒荻摇蕭瑟，燐火近人欲上船。江風凄緊江露冷，江波斜照孤鴻影。客愁如水繞江干，客枕迷離生幻境。詩懷棖觸寫殘碑，了了曾經見和詩。一覺黑甜初醒後，三更青熖欲昏時。吟身是寤還非寤，已失詩中前後句。鷄聲初唱復朦朧，又到前番夢游處。墨瀋淋漓字未乾，似從兩世話因緣。星霜六十年華易，兒女三千客路難。窮山枉落金河口，麥飯誰人來酬酒。絶無封鬣拜兒孫，喜有扁舟逢故友。彼此今吾非故吾，新詩强識意模糊。三生石上追因果，一副邗江補畫圖。畫裏烟波憶廣陵，舊游我亦不分明。緑楊簫鼓紅樓月，轉眼風花百感生。新圖勸君加護惜，公案重重拋不得。錦帆他日下揚州，定有因緣增翰墨。

整理者按：該詩無題，據詩意補題。

題邗江詩夢圖四首

姜鍾喆

艤舟初傍緑楊城，愁緒偏當薄暮生。枕上夜凉來蝶夢，江干波冷静魚更。秋墳白骨埋荒草，明月青山送晚晴。滿目蒼茫憑吊處，悲歌直抵庾蘭成。

六十年來有宿緣，故教君夢又重圖。尋來舊雨人何在，唱到新詩鬼即仙。兩世情懷歸水月，半碑墨迹付雲烟。他時再訪揚州路，但恐迷離記未全。

姓字終難問老夫，詩情畫意兩模糊。奇緣共証三生石，妙境描成一卷圖。樹影夜横荒壘白，濤聲秋涌客魂孤。最憐鴻雪留佳話，好夢猶能續得無。

漫疑夢境總非真，尚有前生未了因。挂劍延陵空墮泪，招魂宋玉黯傷神。青雲何日酬知己，白雪翻教和故人。一覺邯鄲驚醒後，滿船明月荻花新。

整理者按：該詩無題，據詩意補題。

題邗江詩夢圖四絶句

戴玉宸慎齋

一葉扁舟歸去好，江南風景最關情。況當明月揚州路，指點江鄉夢亦清。

水色山光明復暗，蕭疏秋夜擁衾單。邯鄲覺後迷離狀，古樹殘碑憶獨看。

六十年前追往事，三生石上溯前因。唱酬互有無窮感，身世茫茫孰與親。

同爲琴劍青衫客，兒女詩書任去留。待到重游來异日，西風得意板橋秋。

整理者按：該詩無題，據詩意補題。

題邗江詩夢圖

吴成勛

大江西上水悠悠，衹載歸人不載愁。未了因緣無覓處，和潮一夜到揚州。

一番夢覺復尋夢，兩度詩成更和詩。畢竟是真還是幻，滿江寒月印窗時。

整理者按：該詩無題，據詩意補題。

題邗江詩夢圖

周愛棠春舫

詞人妙筆如鳴鳳，贈答詩筒遞相送。白雪陽春和者稀，天遣詩仙來入梦。夢中得句本天成，落筆能令風雨驚。詩情澹遠誰同調，非雜仙心莫與賡。神仙相遇原非偶，傳到人間當不朽。不然一夢足千秋，何爲復到華胥走。夢游可復句無雙，天上詩星健筆扛。數尺豐碑題妙句，二分明月照邗江。依稀湘浦青峰束，絶勝池塘春草緑。詩派由來繼放翁，江亭夢境重相續。相續家風夢更奇，兩詩唱和筆花披。荒丘幻境三更後，詩社尋盟夙世期。詩盟甓社前緣結，詩窟蕪城仙境設。觀圖如到廣陵游，此中意味殊超絶。

整理者按：該詩無題，據詩意補題。

題邗江詩夢圖

許乃興保齋

百年泡影迹易陳，循環甲子如轉輪。癡情漫説三生石，千秋舊案恒翻新。一飲一啄况前定，但有因緣皆印證。夢中續夢豈偶然，豐碑早豎荒苔徑。吾友秋生詩中豪，手操柔翰弄輕毫。詩人詩夢古來説，夢中唱和此奇絶。秋風颯颯揚州城，秋色蒼茫秋月明。荻花楓葉江邊路，月滿空江舟自横。客心此際清且澈，化爲蝴蝶來荒垤。淋漓墨瀋石碣題，低徊讀罷思凄凄。兩首新詩兩番識，纏綿六十年來事。恨無姓字記前盟，寫嚮生綃無限情。君不見髯翁入夢華清道，明珠廿四雲摛藻。相逢元九恍如真，清新得句香山老。又不見池塘春草意自誇，江郎栩栩筆生花。文章因果今猶昔，定將騷壇冠百家。我今小住津門泊，舊雨重逢慰落漠。悠然展玩詩與圖，幻耶真耶意躍躍。詩書兒女孰無心，長途風雨思不禁。秋期歸棹廣陵下，蕉鹿茫茫何處尋。

整理者按：該詩無題，據詩意補題。

沽上梅花詩社存稿……第八集

陸秋生抱衾録征訪小啓

張世光

名士渡江，慣迎桃葉；香風到檻，正放蓮花。析木津長，學作靈辰之匹；鮮卑種好，乞來小阮之姑。則有澥右名流，雲間華裔，風流自賞，原非好色之登徒；伉儷多情，忍使寒盟于德耀。而細君克讓，先求佐理之才；衆謀僉同，更出重慈之命。人歸舊主，本爲石氏翾風；女算親生，也下温郎玉鏡。爰諏吉日，遂締良緣。往事重提，憶絳帳曾稱弟子；低聲小語，問紅妝可學夫人。任綉幙之高搴，太傅無傷盛德；聽玉梅之朗咏，天游真個消魂。從兹浩育之歌，不興于甯戚；渾閑之事，見慣于司空矣。世光心未絮沾，迹同萍寄，乏真珠之二斛，嗤小豆之三升。羡比臨淵，喜如見獵。托春風而幹當，知是何年？對夜月之團圞，難忘今夕。朝雲侍子瞻之硯，遷客無愁；清娱隨司馬之游，他鄉亦樂。因君韵事，發我狂言。留曉夢于鴛衾，染髮漫嘲陸展；引秋香于蟾窟，執柯應謝吴剛。謂秋生姑夫吴春波先生。

姬氏，田陸氏小鬟也，幼隨侍秋生吴家姑。秋生大婦體素弱，爲襄中饋計，請于大母亟求納焉。時吴氏姑隨宦沽上，秋生春闈北來，因以贈之。啓成并志其事。

陸秋生抱衾録五首

梅成棟

天留麗質伴多才，小玉情癡拒鏡臺。那識春風生畫舸，暗携桃葉渡江來。
肯使紅紅怨弃捐，荷花時節月團圓。合歡扇底低聲問，知否鍾情問字年。
湘管生花韵事多，半濡丹墨半青螺。曉來愛玩春山細，偷向紅窗畫翠蛾。
我見猶憐信有無，背人私自繫明珠。生愁艷福難消受，未必無人恕老奴。
不信倉鶊可霽威，堤防責罰出蘭幃。勸君置酒邀同社，拜乞詩人代解圍。

整理者按：原詩無題，整理者據詩意補之。

陸秋生抱衾録六首

翁紹海

玉鏡臺邊别有春，蒔花人作賞花人。團圞合惹秋星妒，先占良宵一二旬。
蘭因絮果費追尋，少小曾依絳幄深。比事若援雕武例，金閨應載女儒林。

不信襄王逐雨雲，陽臺此夕竟如薰。居停莫更談鄉味，怕有微詞惱細君。
無力薔薇卧晚枝，多情愛唱女郎詩。自來色艷嬌逾甚，寄語東風好護持。
西湖翠黛描宜瘦，北地胭脂影愛肥。一種丹青勞想像，筆尖忙煞陸探微。
久息禪心洗艷詞，梅花吟落亦多時。明年結社新題好，緑葉成陰子滿枝。

整理者按：該詩無題，據詩意補之。

陸秋生抱衾録

凌泰磐

纔覺秋光入畫屏，紅燈圍著玉亭亭。較他牛女佳期早，已向天邊見小星。
記從嬌小拜門墻，作字吟詩韵事長。閨姬工詩字，皆秋生所授。今日金針方度與，合歡窗下綉鴛鴦。
妙絶丹青筆一枝，秋生善畫來朝端合畫雙眉。就中多少憐香意，領略雲鬟不語時。
曾將桂折廣寒宫，咫尺桃源路又通。含笑管教貪結子，爲君屈指問東風。

整理者按：該詩無題，據詩意補之。

陸秋生抱衾録

沈湘

金城攜得玉人來，曾侍香閨咏絮才。吟到風詩樛木句，檀郎夢不隔陽臺。
阮咸風趣許同論，又道田田德性温。舊是士龍詩弟子，却教彩筆畫眉痕。
錦衾抱處怯春風，百和香凝寶鴨中。鴛枕夢回天未曉，星光三五畫樓東。
連理花開是合歡，鵲橋光渡慶團圞。來年此日陳湯餅，掌上擎將鳳子看。

整理者按：該詩無題，據詩意補之。

陸秋生抱衾録

嵇文錦

機雲才調自翩翩，博得慈姑雅愛憐。書味夜燈岑寂處，一枝新贈絳桃鮮。
田田生小住金城，姬姓田氏，籍隸蘭州。詩禮延陵舊習成。嫁得才人親絳幄，從今應許號雙清。

幸隔河東賦抱衾，况聞樛木又恩深。將來我見猶憐處，安穩相隨比翼禽。
梧桐昨夜報初秋，今日華筵樂唱酬。莫爲宿酲耽睡味，曉妝記否把眉修。
摽梅休注鄭家箋，春晚花遲不損妍。艷説西方歌彼美，焉支顔色好年年。
舊時把鏡侍西王，今伴天香夜讀長。名士鍾情饜俗韵，不同金谷耀時妝。
蕭郎風貌且清癯，善畫工詩韵事俱。楊柳蠻腰樊素口，香山可與寫生無。
繭紙蘭薰墨數行，丁沾風雅共催妝。駕橋翅鵲馱香蝶，共助先生此夕忙。

整理者按：該詩無題，據詩意補之。

賀新郎

高繼珩

簉室春生矣。又何須、桃根桃葉，江十迎止。情較鮮卑應更切，本是阮家小婢。士天留待、阿咸燕爾。如母慈姑真解意，鏡臺緣一笑諧魚水。團扇却，大歡喜。

龍矯矯如龍士。又豈屑、荒耽于色，若登徒子。况有牛衣同卧侶，忍與秋紈等視。天下事、難逢雙美。樛木同心能逮下，寄紅絲代繫鴛鴦趾。更上乘，祖慈旨。

前調

高繼珩

人隔銀河久。忽小星、既明且慧，黄姑左右。不是天孫真大度，誰爲聯成佳耦。問此意、田田知否？夜抱香衾朝捧硯，小檀奴何福能消受？情繾綣，實難負。燕蘭吉夢濃于酒。誕明珠、較他遥集，合稱玉友。指日君歸符晝錦，再拜倚閭王母。携得個、清娱在後。既博高堂歡且笑，謝冰人還嚮梁鴻婦。休上下，畫眉手。

陸秋生抱衾録

姚承恩

一夕梧桐報早秋，詩人有意破騷愁。紅絲何處殷勤繫，兩美于今賦并頭。
夜深花燭對明璫，多少心情付阮郎。料得今宵題却扇，羅衣不是舊時妝。
金屋修成貯阿嬌，多情人憶可憐宵。羡君一管生花筆，好向妝臺仔細描。
數載難忘故主恩，笑他桃葉與桃根。最憐蘭麝薰衣侍，猶見當年舊酒痕。
珠回合浦月新圓，如此衾裯亦夙緣。莫怪檀奴情旖旎，有人相見亦生憐。

整理者按：該詩無題，據詩意補之。

陸秋生抱衾録

李雲楣

陸郎才調妙于仙，團扇新歌六月天。人面荷花相映處，前身端合是田田。姬姓田。

問字曾經侍絳厨，簪花品格手親摹。帳中料得低聲問，猶記當年字也無。

會抱衾裯咏在公，也如玉鏡羨奇逢。連城璧重終歸趙，笑煞當年阮仲容。

妙技多應善理筝，瑶池西望降雙成。玉簫吹徹秦臺月，從此人聽雛鳳聲。

整理者按：該詩無題，據詩意補之。

陸秋生抱衾録

金淳

少小曾爲問字師，不期巾櫛竟相隨。羨君此後添佳句，多在朝雲捧硯時。

兩情旖旎可憐宵，雲髻慵抽紫玉翹。好是嫩凉初到枕，立秋天氣第三朝。

隔世文簫春夢濃，意中佳麗鏡中容。笑余空有臨淵羨，如此奇緣未易逢。

替郎代覓小嬋娟，絶世風流大婦賢。莫忘西湖今夜月，紅閨獨自對花眠。

念奴嬌

李雲樓

髫齡之時，曾紅袖添香，絳幃問字。南北分馳重聚晤，豈料枝成連理。堂上多慈，夫人雅意，都解成人美。佳人何幸，掃眉得遇才子。應知不號田田，不呼燕燕，名又從新起。回憶十年相伴處，風景依然猶是。笑理牙籤，癡裁絹素，一樣康成婢。綉羅深處，畢竟有甚于此。

賀新郎

徐楊緒

聽報青鸞信。喜良宵、宫袍紅袖，錦屏花并。聞道當年懷橘際，宛轉親承慈命。有玉女、蘭成許訂。莫爲風流防吃棒，料河洲樛木心先印。彈玉柱，剪金勝。碧筒香裹瓊漿進。細裁來、合歡扇子，鴛幃親贈。占得荔川春第一，人在瑶臺仙境。争羡煞、檀郎福分。記取曲江題雁後，抱衾裯雙照芙蓉鏡。還爲爾，祝麟定。

券啓

陸鳳鈞

凡僦屋婚嫁，在吾鄉俗禮須先期書券緘并租價交主人，取厭勝之吉也。今則變用駢體小引，聊以解嘲云尔。『券啓』二字下，宜添此數句爲是。

蓋聞貸徐樞之宅，券豈虚文？立逢吉之書，名非僞署。僦屋久聞蘇老，僑居亦有宗元，莫不借地書紅，當場浮白。故繾綣宜分左右，符節同昭而束，約無論舊新、河山等誓也。鈞兩夢春明，未逢薛下，五年沽上，久賴蘇程。每歌渡口之新詩，思迎桃葉；竊慕尚書之故事，願執香爐。有志未成，此心曷已。今者阮姑之婢偕來，阿咸之癡未賣。箕帚得鍾離之舊迹，蹇修辱韓泳之多情。嘒彼小星，既曰歸止。求我庶士，殆其吉兮。然而燕未營巢，鳩難集木。嘆萍踪之飄泊，先未雨而綢繆。逡巡望王謝之堂，一枝新借；權宜獻平原之券，兩載爲期。匪曰藏嬌，聊作青廬之設。倘能安堵，敢渝白水之盟。素風起自吾家，不少短長之契帖；小券沿于古禮，足征金鐵之押書。用是脱略恒情，恭疏短引。淋漓三紙，笑成書無博士之驢；風雨重陽，莫打户急官租之役。此據。

沽上梅花詩社存稿……第九集

艷雪樓

梅成棟

爲詩人佟蔗村姬人艷雪作也。

水西莊外緑波生，佟家别墅在查氏水西莊對河。欲訪佟家買棹行。春草已蕪高士宅，蔗村又自號已而道人，所居曰考槃。畫樓猶謚美人名。琴奩鏡匣空陳迹，殘礎荒榛動遠情。一樹海棠花落盡，東風舞雪撲流鶯。金芥舟先生《佟家樓》詩云：『小墳烟草緑茫茫，又向佟家看海棠。』姬以海棠得名，今無矣。

殘夢樓

梅成棟

爲蔗村弟婦節母恭人作也。趙青年而寡，自號殘夢老人。

一夢能教萬古看，青燈無焰夜將闌。霜閨自抱長眠痛，塵世空悲喚醒難。高隴已埋魂寂寂，畫欄不照月團團。課兒詩草空黄土，恭人教子成進士，所著《祀竈詩》爲人所傳誦。片片苔花血泪寒。

篆水樓

梅成棟

爲沽上詩人張笨山作也。

緑艷亭空舊主人，風流裙屐化爲塵。墓園尚號思源在，思源莊在城東北之錦衣衛橋，爲張氏墳園。樓影全消篆水新。石匣有詩藏萬首，笨山著詩萬首，死藏石匣。寺門留字重千春。所書『無量庵』三字，過者嘆賞。紅欄百尺烟波杳，誰爲先生續後身。先生五女而無嗣。

竹間樓

梅成棟

爲查蓮坡居士作也。

第一才華桂苑香，蓮坡中康熙辛卯解元，爲人所訐告，下詔獄七年，釋放家沽上。歸來沽上築書堂。花間庵小醒春夢，所居有花影庵，在水西莊内。竹裏樓高冷夕陽。用世心灰囹圄後，著詩人老水雲鄉。大江南北諸名士，汨灑音塵九十霜。蓮坡好客，如杭大宗、萬循初、汪槐塘、厲樊榭、陳香泉。

才思空悲折桂還。百尺紅欄餘日影，一叢青篠冷苔斑。于今尚啓詩人慕，萬首編成仔細删。樹君師有《欲起竹間樓詩草》并竹樓編詩小照。

整理者按：『才思空悲折桂還』一詩非梅成棟所作，原書缺頁，不知作者爲誰，特此説明，供讀者參考。

艷雪樓

王權

檻雨簾雲幾度秋，吟筒舞扇足風流。詩添艷句全輪雪，名借傾城轉贈樓。此境自殊金谷鬧，有人偏似緑珠儔。窗開十丈紅塵遠，合住空山萬户侯。

殘夢樓

王權

懿行傳聞事足誇，衛河西去問佟家。枝摧連理樓分月，草種科名夢有花。刻燭課兒清不寐，憑欄嘆逝思無涯。吟餘醒眼遠觀世，檻外邯鄲路正賒。

篆水樓

王權

見説思源尚有莊，高樓何事迹全荒。筆山詩已埋芳草，篆水名空話夕陽。豪俠此中曾祭酒，詞華今更少平章。信陵風趣憑誰問，朱亥侯嬴并渺茫。

竹間樓

王權

曲檻迴廊憶宛然，髫齡嬉戲重留連。余少時每至樓下，輒盤桓移日。征歌選舞朋儕去，握算持籌子母權。蓮坡殁後，查氏中落。東軒外祖因鐵雲已通籍爲給諫，即不事舉業，頻反蓮坡所爲居積致富，竹間樓往往百貨畢陳云。東軒詩才極雋。雪立獨慚安石墅，海漚母舅亦能詩，余師事之。每呈詩文頗承青目，嘗賜句云『千年笑向東山傲，爾有羊曇我虎卿』，又云『輸人却在圍棋外，乞墅還能學謝安』。雷同也擲鄧通錢。曾門昆仲無蓮坡老人之才望，而聲色之好且過之。竹間樓晚歲梨園歌舞，殆無虚夕，余亦時時入局。最憐中兄西行後，蓮坡曾孫惟蔄庵表兄克繼家聲，由詞館歷官允，爲西安觀察，逾年而卒。寂寞頹垣起暮烟。樓後折歸三房，年幼弱，以二百五十緡爲人折去。重可惜也。

艷雪樓

金淳

水西烟柳吊斜陽，零落胭脂謝海棠。艷雪已埋高士冢，畫樓空憶美人妝。三春寂寂悲紅粉，一徑蕭蕭有白楊。惆悵鶯花今又暮，更無詞客咏滄浪。

殘夢樓

金淳

殘夢無多住此樓，不教陶母擅風流。蘭膏焰盡孤燈暗，菱鏡光寒缺月秋。捧硯兒收千卷富，畫眉人去萬緣休。金閨高節今誰繼，破屋詩編未易求。

篆水樓

金淳

半畝園開逐水清，高樓猶憶笨山名。五陵豪俠紛朋輩，一代風流屬弟兄。笨山兄魯山方伯，亦以豪俠著名。簾雨夜酣名士酒，亭花春按美人箏。繁華清歇空回首，新緑思源墓草生。

竹間樓

金淳

蓮坡化去詞壇冷，勝迹當年溯舊游。花影已開方外室，竹陰又起此間樓。曉風禪榻清塵夢，疏雨書窗破故愁。幸有瓣香堪供奉，梅花吟社繼千秋。

沽上梅花詩社存稿……第十集

觀察金文波先生重修水西莊落成越歲重五日同人雅集于此賦詩紀事時春闈報罷即以言懷

梅成棟

林塘蕪廢已多年，園爲詩人查蓮坡別墅，後易名芥園。勝地重游忽焕然。小築池亭因舊址，更栽竹樹引寒泉。壺觴會又聯名士，時會者十六人。風雅情深仰大賢。謂觀察笑問蓮坡有知否，使君與爾定前緣。

榴花紅日一樽開，朋輩偏當酕醄回。能庇孤寒思大厦，樂逢吟賞上高臺。青雲莫展摶鵬力，白酒空澆吐鳳才。衹有山僧能愛客，水亭先爲掃莓苔。時住持静峰及高弟大空延款甚殷。

叢叢緑樹抱紅樓，月檻風簾映碧流。時有難逢當五日，人能不俗足千秋。名園賴有扶輪手，仙吏如招我輩游。東望岱雲頻引領，文星伫見照瀛洲。文波先生山東歷城人。

落花片片墜春泥，别有閑心寄水西。塊壘衹宜塵外吐，湖山喜向醉中題。騎驢客到風吹帽，載鶴人歸雪滿溪。時觀察奉諱旋里。擬樹豐碑書政績，畫欄干外夕陽低。

五日梅丈吟齋招飲水西莊即事四章次吟齋韵

翁紹海

丁沽小別動經年，雅社聯吟意暢然。裙屐喜招新酒客，雲帆重訪舊林泉。排當蒲艾酬佳節，補綴亭臺仗後賢。纔息征驂陪勝侶，三生石上證前緣。余月杪始抵津門，徐蘭生、孔綉山、金杏林、楊省庵、芝仙昆季，皆初識面也。

水西莊外畫船開，陳迹蒼凉首重回。何處重泉埋玉樹，當年結客艷金臺。關心白業羅佳士，唾手青雲厄俊才。憂患一生名愈遠，不隨殘碣涴荒苔。查蓮坡先生年十九試京兆第一，緣科場事下獄，既得釋，傾家結客，名流畢集云。

扁舟曾過仰蘇樓，畫閣層軒瞰碧流。季春舟抵吴門，同人宴游白公祠、慕李軒、懷杜閣、仰蘇樓諸勝，皆賀藕耕先生新葺也。酒地花天容我輩，江南冀北各千秋。名邦是處迎仙吏，大雅何年續勝游。謂觀察岱色河聲勞夢想，折梅那復記西洲。

名心如絮久黏泥，聽徹鵑聲日又西。鄉思怕牽垂柳重，閑情懶對落花題。偶拋

塵鞅尋金谷，轉爲風流憶剡溪。觀察山陰人，入籍山左，故云。我遇宛陵如李白，宣城心折首頻低。謂吟齋

己丑天中節偕梅花社同人并絜傳承兩侄泛舟游水西山莊即事有作莊係詩人查蓮坡別業舊址客歲金文波觀察重加修葺故章内及之

徐楊緒

榴花吐火蘭舒碧，尋芳喜值懸蒲節。櫻桃釀熟好携尊，楊柳路遥同擊楫。近城數里短長堤，指點山莊號水西。碎石巧排新畫本，豐碑高泐御章題。連朝細雨霑犁足，天爲詩人錫清福。地真靈鷲絶無塵，僧遇貫休渾不俗。追陪更許竹林携，談宴快從梅社續。醉後思尋玉笛吹，興來强拍銅琶曲。我聞此地幾蒿萊，歌管頻年付劫灰。廢址幸逢真護法，臨流重見好樓臺。绿莎洲畔鷗仍集，紅板橋頭樹補栽。座客漫嗟摩詰逝，居人還盼寇公來。吁嗟乎百年興廢原非偶，林泉有主斯能久。關心世味問誰知，到眼風光幸吾有。對鏡休工平子愁，扶輪要念歐陽手。會須寫似輞川圖，斯地斯人同不朽。

水西莊梅社雅集

錢步文

日長天氣客心慵，小集名園興轉濃。入座喜聯新舊雨，行船恰受往來風。花光尚憶湖山好，芸閣曾傳唱和工。蓮坡先生幼居錢唐之西溪，詩中有《竹村花塢集》，言憶西溪花竹也。夫人金氏亦能詩，有《芸香閣集》。嘆息王孫渺何處，天涯踪迹類飄蓬。蓮坡後人某與余相識，清門零落不知所之。

神仙富貴兩難期，潦倒清樽事可知。佳節易添游子恨，名山況有故園思。貧原非病才偏退，詩縱難成酒不辭。世事浮雲真莫定，漫將因果證禪師。時詩僧大空在座。

道光戊子金文波觀察重修水西莊越歲夏五梅樹君先生招同人雅集于此勉爲長歌一首紀事

孔憲彝

我聞詩人蓮坡子，曾借烟霞洗神髓。端居不愛碧瀾堂，自起飛樓近秋水。幾年樓上牽雲歌，白龍騎去可奈何。玉窗剥落塵如掌，荒莊衰草秋陽多。三津名士空惆悵，門外桃花打春浪。浪花如舊桃花新，誰上丹梯向天唱。文波先生切玉才，腰繫金魚秉節來。政閑偏有詩人興，肯把黃金换紫苔。工師楊潛王承福，折斤操鏝争修築。往時漫漶倏鮮新，宛繪西園圖一幅。登樓遠眺烟水平，但見萬幅蒲帆横。憑欄倚檻聽不得，水調歌中欸乃聲。御碑矻立字如斗，山石犖確客驚走。庭前人面對梨花，門外腰肢鬥楊柳。樹君老子樂相羊，大呼諸君來雲莊。良時盛景不可負，引酒宜學劉伶狂。杉槽漆斛真消渴，羊淹鶴寒競烹剥。徐翁高陸盡詩豪，一飲千鍾驚老魃。我亦曾思步謫仙，常携好句誇青天。披襟登座數趨避，十六人中最少年。人生百歲猶瞬息，如此良會能幾得。萬古閑愁一霎消，且盡深杯説胸臆。吁嗟乎一莊興廢關遭逢，何怪塵世殊窮通。傾樽欲待蓮坡酬，遥壽歷下文波公。

金縷曲

高繼珩

文波觀察重修水西莊落成，梅樹君先生招同人雅集于此，并餞蘭生、秋生，勉填金縷曲二闋紀事。

放棹鷗波裏。訪名園、抱琴載酒，輕颿風駛。遥指紅樓環緑蔭，此是蓮坡故址。陡焕作、畫梁文阯。借問山僧誰改造，道使君分注廉泉水。功德簿，大隨喜。廢興乘運疑天使。憶往歲、秋風送别，石生杳史。徑草青蕪羸馬齒，凄咽蟬聲聒耳。

現樓閣華嚴彈指。不是文星來秉節，更何人布地黄金起。斟大白，向東醽。
把酒臨風嘯。喜座中、風流裙屐，并皆佳妙。厲萬汪杭雖不作，厲太鴻、萬柘坡、汪槐塘、杭大宗皆蓮坡坐上客也。先喆英靈常照。算我輩、堪爲同調。但有新詩能不朽，隱烟霞且學南山豹。何世事，易吾好。
萍蓬聚散雲離嶠。纔幾日、徐陵西下，陸雲返櫂。安得并州雙剪快，剪斷離愁繚繞。嘆百歲須臾來到。知否他年詩酒彦，憶吾儕也作閑憑吊。今不醉，後人笑。

觀察金文波先生重修水西莊落成越歲重五日梅樹君師約同社諸友雅集賦詩倡首囑和應教

姚承恩

雨過寒生五月秋，水西載酒繼風流。堤環碧瓦新僧舍，人指紅欄舊畫樓。簾影棋聲閑意趣，花香草色盡勾留。片帆吹送扁舟影，好向林泉一快游。

華嚴倏忽現樓臺，竹樹何人著意栽。裙屐勝游名士後，昔爲蓮坡燕集之所。園亭生面使君開。頻傷送別留題去，丁亥秋，同人于此餞張杏史先生。且喜新交入座來。謂孔綉山雅集最難逢五日，放懷不怕玉山頹。

回頭三月落花殘，此日登樓放眼寬。勝地重興知不易，文波先生捐廉二千，重修此。文章一第信尤難。當筵且自評詩酒，射策憑誰論治安。最是丁沽好風景，菖蒲染碧石榴丹。

花影才名嘆逝波，查蓮坡庵名花影。湖山頓改舊岩阿。壺觴小聚前賢在，風雅流傳此地多。汪槐塘、萬循初、吴東壁、陳星齋、杭大宗諸前輩曾游于此。種菊心情誰近似，住持静峰喜種菊，至秋極勝。上梁文思竟如何。静峰修義學，于是日起造。沿堤柳色斜陽裏，狂醉歸來放櫂歌。

午日梅樹君招同徐楊小梅陸秋生翁寄塘高寄泉徐蘭生錢冬士姚朗山姜荔坪李采仙瘦山金杏林孔綉山共十有六人泛舟城西雅集芥園即事五言四十韵

王權

梅福本仙人，詩思河水瀰。駕言游水西，載酒多且旨。一十六儒酸，各聳吟肩喜。

艤舟云誰待，城北徐公美。小梅開窗且縱談，喜見孔叢子。孔綉山與余初見。姚合朗山與徐陵，蘭生高適寄泉共錢起。冬士徐公來徐徐，竹林映橋梓。小梅携子侄同來。一篙兩岸移，輕帆倏西指。天公惠詩人，一雨凈無滓。中流何喧轟，士女紛若蟻。村人以小船縛紙龍頭，號龍舟。觀者如堵。似龍而非龍，好者今比比。依稀粉黛群，遠觀差勝邇。緑陰帶岸來，樓角緑陰裏。山僧迎寺門，得岸同登彼。騎馬人何遲，捷足謂我鄙。徒行人何速，防風將我擬。秋生騎而後至，寄塘、采仙、瘦山、荔坪步而先來。可知中立者，未必免議訾。遠公一笑云，德星聚于此。溯昔水西盛，車馬日填委。歌舞招麗人，詩酒來佳士。詞藻鬥新奇，豪華競侈靡。風雲轉眼空，門外息塵軌。翠華幸山東，川途時湓止。後來臨幸稀，樓榭半傾圮。翳我前度游，法師卓錫始。庭前成鹿場，後圃盡生杞。邇來十餘年，門徑轉疑似。缺者得復完，欹者皆就理。師功誠巋然，師鬢亦皤矣。知師過去生，夙緣或在是。仙才安所裨，佛力大可恃。列坐亟開樽，遑復嘗旨否。歌以狂爲工，拳以勝爲耻。令愈出愈奇，酒不盡不止。誰歟懷細君，來晏去則駛。秋生後來先歸。坡翁不勝酒，趣起視日晷。歸途不復憶，醉眼入城市。酒渴得暫澆，詩債何詞詭。俯仰迹已陳，援筆聊復爾。便煩陸探微，一染蔡倫紙。社中惟秋生最工繪事。

重午日水西莊梅社雅集

李雲楣

結社良辰作勝游，名園遥指水西頭。榴紅著樹明霞吐，麥緑連雲軟浪浮。健步笑誇翁矍鑠，是日同人乘舟，惟寄塘、荔坪與予兄弟步行。清談差比晋風流。寒山解得詩人趣，先日曾經約貫休。住持静峰師知同人有約，特招詩僧大空相待。

城西路遠行宜早，社裏人多到每遲。野店小留先貫酒，晴窗遣興且敲棋。鳥聲猶待歌聲緩，花影曾兼扇影垂。樓閣滄桑塵世幻，行人幾度吊于斯。于斯堂爲蓮坡先生故宅，今已轉鬻。

何時能辨買山錢，妝點風光别有天。蠟屐且陪名士後，扶輪端賴使君賢。三叉月静横秋水，《遼史·太宗紀》觀魚于三叉河口。五閘春深鎖暮烟。試上歇山樓上望，園林處處莽蕭然。

從來聚散等浮萍，一曲悲歌酒不停。人是謫仙無礙醉，時春闈報罷時非屈子不宜醒。

稱心何必爲形役，得句惟須托性靈。簫鼓欲闌歸興健，蒲帆挂處日將暝。

整理者按：原文于『人是謫仙無礙醉』後有『清時我輩且游戲，舊友重聯香火緣。新詩都帶悲歌氣』三句，據詩意和格律判斷，應係鈔刻時所誤録，故刪除。

五日水西莊雅集

李雲檏

石榴照眼燕支裂，梅花結社趁佳節。水西莊外一帆停，古岸凌波土花坼。憶昨餞客還江鄉，重陽于此曾舉觴。叢菊侵階金谷冷，枯荷覆沼平泉荒。萬事從來有通塞，勝地名流重培植。一滴廉泉信手分，灑來頓洗蒼凉色。曲院閑亭盡改觀，雲根重疊護迴欄。丫叉老樹千章舊，瀟灑陂塘五月寒。名園分作宣防地，前楹供河神及治河御碑。彈棋按曲舞仙仙。山僧解意相周旋，狂書直欲驚懷素，夢草何由繼惠連。時兄弟與社者，惟余同家孟采仙二人。今情昔感不可問，名士千秋同一瞬。揭來把酒吊靈均，何必逃禪學蘇晋。碧雲日暮美人思，剩有題襟沽上詩。後來視今猶視昔，用坡句記取蒲青酒緑時。

整理者按：『古岸凌波土花圻』句，原文爲『古岸凌波土花圻』。據詩意和詩句押韵，改『土花圻』爲『土花坼』。

觀察族伯文波先生重修水西莊落成越歲重五日樹君師約同梅社諸君雅集于此賦詩應教時在榜後

金漢

近水閑園勝境開，榴花紅處潑香醅。當年玩硯推名士，園初爲查蓮坡別墅，先生好硯。此日傳箋會俊才。舊迹依然尋綉野，園內有綉野簃。高情隨意坐帆臺。今之歇山樓，即昔之數帆臺。低迴大雅扶輪力，東望明湖進一杯。文波先生，山左歷城人。

小築林亭隱薜蘿，追陪詩酒樂相過。湖山笑傲前徽繼，花木栽培盛績歌。天上文星知又聚，座中佳士喜偏多。同會凡十六人。壺觴令節原非偶，莫向東風感逝波。

整理者按：『綉野簃』原書『綉野移』，『移』應爲『簃』。

酬江月

端午日從游水西莊

徐楊禮傳

探幽尋勝，嚮何處、覓此千秋遺迹。恰喜梅花聯勝社，許我從游擊楫。照眼榴紅，懸門蒲緑，點染天中節。水西莊畔，者般風景如昔。　猶記斷井頹垣，有詩人過訪，徒增凄絶。今日扶輪逢大雅，泉樹都增顔色。對酒當歌，古今同調，愧我詩腸窄。樓臺如畫，滿林空翠稠叠。

水西莊雅集

徐楊鶴齡

咫尺城西路，名園俯大流。賜衣當令序，躡足許從游。帆影窗前艦，鐘聲水上樓。風人嗟已謝，修廢仰蘇歐。

僻院蒿全剪，横塘荻漸生。一時觴咏迹，千古盛衰情。風日關心賞，林泉屈指更。山僧偏感舊，猶紀水西名。

沽上梅花詩社存稿……第十一集

留别津門同社諸友

張世光

光于道光壬午曾游沽上，自余竹泉老人外，無相識者。閉户經年，頗傷岑寂。客夏重游，獲交梅樹君先生，謬邀入社，厠諸君子之列，既自慚復自幸焉。緣家有老親，不堪久客，今秋决計歸里。回憶詩酒之樂，未能忘情，率爾成吟，用志眷眷，不計工拙也。

季子年來剩敝裘，湖山拋撇且勾留。而今歸去堪誇示，曾到梅花社裏游。

南金東箭并良才，酒陣詩軍壁壘開。多少英雄知有我，此番沽上不虚來。

倦鳥依然返舊巢，栖身枇合戀衡茅。癡情一點終難化，他日飛騰盼故交。

求友思親兩地牽，越山沽水路三千。何如化個紅襟燕，春去秋來年復年。

思歸早盼驪歌唱，唱到驪歌轉愴神。幸誤瓜期成緩別，半年留我感陳遵。陳七

百年聚首亦須臾，□是萍踪逐歲殊。西望太行謂崔大曉林、徐大蘭生南望越，謂石生石生約以四月間瓜代，今不果來。

故人多少在天隅。

整理者按：原文第二句脱一字，據詩意和格律應是第一字。

送客南皮及仲春，謂錢四東墅經秋我又感鱸蒓。一年兩度縈離思，愁煞多情梅子真。當筵誰唱鷓鴣詞，風笛聲中折柳枝。自笑充囊無長物，寵行先要乞新詩。樹君先生爲社中領袖。

留别梅樹君先生

張世光

行人欲别轉依依，知己關情未忍違。病廢周旋容我懶，學兼師友似君稀。春風蘭訊雙魚乞，秋渚蘆花一雁飛。此去湖山原不俗，惜無吟侶賦同歸。

古心古貌世無儔，如此人師豈易求。范式臨行留後約，李膺遲御悔前游。壬午留津一載，竟不知有先生。名山卒業聲華重，淡水論交氣味投。著作等身難盡讀，幾時重訪竹間樓。先生著有《欲起竹間樓詩文集》。

留别翁二寄塘

張世光

廿年長惜别，兩載又分襟。聚散何常事，綢繆衹此心。壯懷同對酒，焦尾感知音。舊境重相憶，難忘是武林。與寄塘論交，始自杭州。

愁絶渭城歌，輕裝細馬馱。春暉催草木，舊雨隔山河。身世浮名小，家庭樂事多。高堂君亦念，衣錦莫蹉跎。

留別陸秋生

張世光

送别南歸去，重來又一年。君添新眷屬，新納姬我問舊山川。别恨如交易，行踪互後先。邗江能駐楫，也要證前緣。秋生南旋，舟泊揚州，得詩夢甚奇，曾繪圖。寫出桃花港，時爲予繪桃花港圖于便面。丹青亦有情。故山多勝賞，客路誤浮生。讀畫醒塵夢，治裝促旅程。秋風黄葉裏，衹是惜孤征。

留别高寄泉

張世光

兩載心交我服膺，拙鳩何幸附雲鵬。禮肥孝瘦真兄弟，雷漆陳膠古友朋。攻玉情殷瑕每摘，嗜痂性癖稿先謄。予駢體文，一一手録。悵予欲别汪倫去，沽水茫茫感不勝。河梁携手惜分歧，莫向形骸論合離。戴笠肯忘前日誓，褰裳終慰故人思。樗材自分山林老，瑶草何愁雨露遲。準聽杏花消息好，登瀛佳兆已前知。梅花社正符十八人之數。

送張杏史孝廉歸越

梅成棟

棟因竹泉而獲交石生，因石生而獲交杏史。杏史沉默寡言，風韵高淡，與僕一見如舊相識。索余詩文集觀之，蒙相稱賞，并爲代摘疵謬甚細，非阿諛友也。相交二載，風雨過從，今秋決計歸省，誼難挽留。所賦留別諸作，情見乎詞，惟冷面人乃真熱腸人也。僕與杏史投分尤深，臨歧眷眷，彌難爲懷，因得長句四章爲同社之引喤，述離衷于萬一云爾。

送遍交游又送君，一聲風笛愴離群。有情空似潭中水，無計能留天上雲。秋草秋花人易別，江南江北月平分。從今兩地愁千縷，紅豆吟成不忍聞。

文酒追陪僅二年，遽縈歸思上吟鞭。無多四海知心侶，可有重來把臂緣。菊徑閑尋秋士宅，梅花香泛孝廉船。遥知萊彩承歡日，回首丁沽亦黯然。

英雄寂寞嘆吴鈎，惜我長貧到白頭。一字爲師甘下拜，十年差長愧同游。聯吟陪入花間社，訪舊同登柳外樓。同杏史凡再游水西莊。譜上畫圖圖不了，牛腰詩卷壓行舟。

黄葉西飛雁影疏，謂崔念堂宦太原。元方南返久無書。謂石生歸省。頻傷舊雨同飄梗，忍向秋風送寄廬。杏史別號寄廬。月落空窗三徑後，燈殘古壁五更初。此時最是相思處，夢裏雲山到總虚。

五言

春風醒作夢，秋水放歸船。客路誰知己，相思各惘然。

翁紹海

六言

興寄江東蒓菜，吟餘沽上梅花。一樣芳蘭可采，如何人不思家。

翁紹海

七言

交逐雲龍廿六秋，每因離別各生愁。鬢眉如此天涯別，巢父而今又掉頭。

翁紹海

調寄賀新涼

徐楊緒

記識張騫面。快當年、花晨月夕，征詩集宴。最好鎖窗槐影碧，香滿海棠庭院。覺座上春風吹遍。拈得沍毫三寸麗，但吟來字字都黃絹。太史奏，客星見。無端頓觸莼鱸念。最難堪、驪歌唱罷，交游慰餞。一片秋懷沽上月，楊柳酒旗村店。挽不住鞭絲如箭。底事風人偏善感，更癡心願化紅襟燕。親與友，兩留戀。

前調

徐楊緒

到此銷魂矣。嚮離筵、殷勤洗盞，黯然而起。罄此一杯行色壯，願子平安抵里。好爲我寄聲桑梓。盼得梅花開遍了，倘難忘同社諸知己。應寄我，蔡倫紙。　年光荏苒真如駛。告諸公、休彈别泪，寄懷秋水。轉瞬歲華逢己丑，又届公車北指。正看遍長安花市。恰好登瀛人十八，换頭同酌蘭臺史。聯袂舉，大歡喜。

送張杏史孝廉歸越

凌泰磐

東山結社記年前，風雪聲中有夙緣。一載相依張子野，梅花直到菊花天。
歸心引得一條條，那覺家山路太遥。此去長途好風景，片帆飽聽海門潮。
天涯同是苦吟身，一様高堂有老親。今日枝量君勝我，君歸我是未歸人。

整理者按：原詩無題，據詩意補之。

送張杏史孝廉歸越

嵇文錦

博雅張平子，雕龍吐鳳才。相逢悔遲暮，離緒底頻催。
梅社吟懷迴，秋風客夢頻。羡君霜入鬢，去慰白頭親。
指點山陰道，先生歸去秋。丁沽同作客，悵我總淹留。

整理者按：原詩無題，據詩意補之。

送張杏史孝廉歸越

范圻

詩腸何幸與君儔，雅集津門洗俗眸。最恨秋風聲瑟瑟，偏教雁影壓歸舟。
無邊相思寫離情，定省年來夢後驚。我不如君歸便得，但求得夢不求醒。我少孤。
問津初得挹君才，相識自問津書院。半幅詩箋索別來。弗忍送君還載酒，菊花背指旁船開。
落帽風吹客幕涼，越山沽水兩蒼茫。勸君莫遠三千里，詩酒形骸更可忘。

整理者按：原詩無題，據詩意補之。

送張杏史孝廉歸越

高繼珩

黄花香裏送歸鞭，未唱驪歌已黯然。兩載同堅金石契，三生曾結弟兄緣。鑒湖渺渺還鄉路，沽水茫茫望遠天。携手臨歧無限意，到家早寄雁頭箋。

君歸豈爲戀鱸魚，八十尊翁日倚閭。養志不妨肩仲米，承歡何必擁潘輿。蘭陔相戒羞宜潔，菽水能甘味有餘。遥祝大椿添鶴算，壽星現待史官書。

駢儷文章手自抄，新編舊稿束牛腰。聱牙僞體卑三古，金粉香痕壓六朝。竟著先鞭如祖逖，願焚破硯學君苗。何時攫得金盈篋，謝傅新編一例雕。謂母舅王寤崖先生所著集。

僕馬迎門不可留，絲絲衰柳綰離愁。憐予亦决還山志，奉母甘埋卧雪頭。與子分襟如一室，各將七尺勵千秋。軟紅他日重相遇，再訪梅花共唱酬。謂樹君先生。

整理者按：原詩無題，據詩意補之。

送張杏史孝廉歸越

姚承恩

三年驥足駐丁沽，詩酒交游興不孤。何事西風太蕭瑟，頓教張翰憶蒓鱸。
詞華淹雅是吾師，鷗社纔盟未幾時。自恨見遲偏早別，滿江紅樹寫秋思。
陳蕃去後滯歸驂，此日分襟酒不酣。千里月明觸鄉思，先期飛夢到江南。
寄廬圖好見胸襟，料理琴樽返故林。松竹滿園開小徑，風泉時洗著書心。
裁得瑶箋賦句新，驪歌未唱已傷神。歸來窗下寒梅放，應憶丁沽白社人。
燕雲越水各天涯，一路湖山記物華。轉瞬皇州好風景，待君同看上林花。

整理者按：原詩無題，據詩意補之。

送張杏史孝廉歸越

王權

聞説山陰，岩壑勢磊砢，千里無由君識我。無端沽上，結社梅花芬，徼幸因依我晤君。晤君底事獨眷眷，曾向君詩覿君面。梅花有約幾生緣，如何歸去心如箭！張翰由來慣憶家，問君何以處梅花？紅襟來去年年燕，可有仙人萼緑華。噫嘻！思君每惜君歸早，愛君又道君歸好。去慰高堂白髮心，吟朋漫種相思草。瞬盼長安杏宴催，春風裹許燕同來。一洗林逋寒徹骨，百花頭上要先開，好過丁沽再問梅。

整理者按：原詩無題，據詩意補之。

送張杏史孝廉歸越

李雲楣

風流復儒雅，夫子實堪師。本以神交久，翻嫌面見遲。青雲憐客倦，白髮戀親慈。想像天倫樂，沾余泪滿頤。
忽有趨庭志，行行未肯休。歸心和雁去，别意藉詩留。寒雪傲梅社，西風老荻洲。元龍近無恙，應自卧高樓。

整理者按：原詩無題，據詩意補之。

先生兩度津門游踪暫寄爲人雅静不俗品學兼粹去冬雙槐書屋雅集得展一面惜俗事相羈不克朝夕接迹親炙高風今秋决計歸里留詩作别恭賦長句即以奉送

金淳

槐廳結社訂詩盟，一面因緣歲又更。交似秋花宜淡□，人如古樂尚和平。抒詞早擬三都富，執筆能參八法精。回首天涯頻悵望，凉飆起處慘離情。

蘭襟恨未久追隨，事事堪師實可師。樹君師謂公事事堪師。人古方思勸著作，品高原不藉文辭。清霜紅樹過江日，白露黄花返棹時。蝴蝶橋邊元亮宅，他年相訪慰相思。

整理者按：原詩無題，以序爲題。『交似秋花宜淡』後脱一字。

送張杏史孝廉歸越

李雲欀

秋風滿庭樹，吹客渡江去。江水日以深，送君一片心。朝來望行色，涕下霑衣襟。君行不少住，君歸到何處。愁心一條水，直接西興渡。我亦山陰人，別醪獨餞君。轉因送人處，望斷蕺山雲。留君苦無計，上有高堂親。來年芳草碧，莫誤京華春。

整理者按：原詩無題，據詩意補之。

送杏史南旋

錢步文

風雨連宵不忍聞，那堪別緒觸紛紜。三千里外同爲客，十八人中又送君。梅社詩才推勁敵，蘭臺書法更空群。何時重返津門棹，愁對離亭起暮雲。

我去君曾送我詩，春日赴南皮我來今又送君歸。一年再別愁無那，八月孤槎去若飛。夢繞青山尋舊約，頭赢白髮戀慈暉。倚閭共有天涯恨，久客能無悔昨非。

送張杏史孝廉歸越

沈湘

人生聚散如萍梗，客中送客心耿耿。去年八月送陳遵，今年又送張三影。先生家居鏡水邊，丁沽暫泊孝廉船。關心忝附同年誼，把臂欣聯問字緣。梅花社裏增光彩，輸君才大真如海。駢體雄文追六朝，蝶魂妙咏高千載。社中同咏蝶魂，吟齋先生評爲絶調。茂先博物伯英書，愧我塗鴉似墨猪。鳳翥鸞翔工作勢，藏君一紙抵瓊琚。君楷法尤工。秋風催起蒓鱸思，纏綿舊雨難抛弃。示知多情留别詩，紅箋字字疑成泪。我亦天涯行役人，與君同有白頭親。望雲未遂循陔願，彈鋏空羈索米身。羡君夢繞山陰路，未唱驪歌姑小住。暫留終是欲歸人，轉瞬歸期在秋暮。紅葉黄花問寄盧，椿庭喜見彩衣趨。會須馳赴簪花宴，莫效烟波老釣徒。

整理者按：原詩無題，據詩意補之。

送張杏史孝廉歸越

姜鍾喆

梅花社裏結前緣，詩酒論交近一年。忽地蒓鱸鄉思發，秋風争送孝廉船。

衰柳寒烟冪客程，蕭條無計挽君行。臨歧最是銷魂處，一曲新歌唱渭城。
裁得瑶章字字工，游雲畢竟返山中。愧無妙句增行色，寫盡秋江落照紅。
離筵相對黯傷神，紅樹青山送故人。風月一船詩一卷，歸來不厭客囊貧。
西風吹送浪淙淙，千里吴船下大江。佇望春來重把晤，一簾疏雨話蓬窗。
盼望還鄉已到鄉，聯吟舊雨漫輕忘。到來鯉素煩頻寄，莫誤梅花雪裏香。

整理者按：原詩無題，據詩意補之。

杏史仁兄將南歸索畫梅花詩社餞别圖因填北雙調一曲即以贈别

陸鳳鈞

新水令

驀銷魂、况復對秋風，算歸期、半年早動。無言頻執手，有涕各沾胸。漫説行踪，好做個梅花夢。

駐馬聽

見料理詩筒，落日浮雲情萬種；見安排歸鞚，青山紅樹路千重。莼鱸原有鑒湖風，鷓鴣慣唱江南弄。要探微，作供奉，畫圖譜入新詞總。

喬牌兒

憶雙槐結社中，分韵事瘦枝供。數登瀛也許鯫生共，鷄擅主提唱重。

沉醉東風

嘆先輩、鷗盟舊踪，水西莊、花影朦朧。謂先輩查蓮坡先生風流起硯爐，雅集塵前踵，問津園今日又重逢。有一樹梅花一放翁，却不道、冷艷毫端欲動。

整理者按：原文『謂先輩查蓮坡先』，應脱一『生』字，故補齊。

風入松

喜無端沽上聚萍踪，笑遇白頭童。謂余竹泉老人看聖俞領袖題梅種，謂梅吟齋先生開社沽上。這便是、竹間樓詩卷花叢。縱使陳蕃榻遠，謂陳石生也應留住張融。

滴滴金

况又是一個蓮瓢，謂翁寄塘三生蘭石，謂石生、蘭生及秋生也。都成昆仲，依樣畫寄盧同。但無計留行，高唱循陔，達夫志重，謂高四寄泉偏要敢些兒喜懼在心胸。

雁兒落

眼見得新詩唱和工，别酒朋儕送。便要渡大虹橋，沽水波早勾起舊明月邗江夢。

予去歲舟泊刊江得詩夢。

得勝令

呀，後會幾時逢，魚雁幾時通？算今翻、小駐三年冬，羨此去、承歡五世同。重重，醉扶白髮雙鳩奉；匆匆，歸插黄花一帽風。

川撥棹

莫放膽聽歸鴻，論時光霜露中。怕衹是瘦却秋容，要扶持好唱憐儂。鬢上蓬鬆，枕上惺忪。須檢點寒衣幾種，休貪戀山色情濃。

七兄弟

有多少離恨難窮，有多少閑愁未通，分袂去、各西東，悶葫蘆早醒春明夢。想聯床聽雨幾時同，壓行裝詩句琳琅重。

梅花酒

兀得不泪濡胸，异地嘆飄蓬，屈指秋復冬，算功名、我類馬牛風。説甚麽畫眉新擅寵，况不是朝雲海上侍蘇翁。問何日、買歸篷，錢江上、越山中。但聽那梅花合譜奏三終，才知道此夕是奇逢。

收江南

你文章已障百川東，你遨游先在帝城中，你聲名更有古人風，到如今望雲情重。祇可惜了，早梅花放欠詩翁。

煞尾

別離自古傷心共，合丹青曲寫愚衷。祇送行難得醉顔紅，却偏要滿酌一卮雙手捧。

送杏史南歸

楊秉一

與君一江隔，同作津門客。相近未相逢，慕君情脉脉。

家聲本張翰，秋到憶蒓鱸。况有萊衣樂，風光滿鏡湖。

梅社諸君子，驪歌思不禁。悠悠沽上水，堪比此情深。

我亦聯吟侶，聊陳下里詞。風雲終會合，他日話相思。

杏史不日南行八月六日約同陸秋生重游水西莊因懷去年之游感書長句

梅成棟

紅塵飛不到寒林，古寺同來此重尋。楊柳池臺秋水晚，豆花庭院夕陽深。記游易感懷人夢，去秋同游有寄泉、石生、蘭生。訪舊偏多吊古心。黃葉滿簾茶未熟，曲欄干外自沉吟。

重陽前五日李采仙瘦山昆季姜荔坪錢東墅約同陸秋生集水西莊餞別杏史

梅成棟

小圃秋容半未開，酒人半爲菊花來。一林黃葉樓同倚，千里青山客欲回。老去心情傷聚散，閑中池館重徘徊。送行翻羡南飛雁，霜月隨君問早梅。

重陽日杏史南行走送未及因懷同社諸友一年之間萍踪四散不勝離群之慨又成長句

梅成棟

又是西風賣菊天，酒人零落晚花前。一年雲水空如夢，四海交游散似烟。時崔曉林、徐蘭生客太原，陳石生返越，唐月奂赴邗江，徐小梅往丹徒，高寄泉返寶坻，而杏史又南旋矣。紅樹青山勞想像，棋奩茶盞漫留連。新詩草就憑誰寄，九月霜高雁未還。

游水西莊小引

王崇綬

水西莊，查氏別業，慕園老人構園城西，其子蓮坡從而擴之，中有攬翠軒、枕溪廊、數帆臺、候月舫、綉野簃、碧海浮螺亭、藕香榭、花影庵、課晴問雨諸勝。蓮坡與弟集堂、儉堂招集大江南北名流宴賞，其中一時如萬循初、吴東壁、劉紫仙、陳江皋、佟蔗村、周月東、杭大宗、陳香泉、談半村諸公詩酒之會無虚日，積詩甚夥，輯有《沽上題襟集》梓行。蓮坡物故，儉堂宦游，此園遂廢。值純皇帝巡幸淀津，其家獻爲駐蹕之所，御賜名曰芥園。今之歇山樓，即昔之數帆臺也。今皇上久未巡幸，園漸傾圮。歲在戊子，金文波觀察捐俸重修，僧静峰上人董其事，焕然一新。同社諸君子烟雲覽眺，文酒留連，憶中散之荒園，感左徒之舊宅，緬想蓮坡老人唱和因緣，不勝今昔之感云。道光己丑端陽津門春甫王崇綬謹識。

沽上梅花詩社存稿……第十六集

甲午午日金杏林恒素軒雅集小梅詩先成屬和應教

梅成棟

高樹如雲聳緑天，榴花紅到畫簾前。良（晨）［辰］最喜逢佳會，名士争來入此筵。酒滿詩懷開妙境，人當晚景樂隨緣。追陪笑步諸公後，白髮蕭蕭轉自憐。

半登廊廟半江湖，憶得良朋聚散無。細柳新蒲懷往事，紫櫻朱椹艷行厨。已灰壯志詩難就，賴有狂歌興不孤。他日丹青求畫手，好將梅社補新圖。

枕流

梅成棟

風泉一夜静中聽，高枕清流亦寓形。竟欲移家波面艇，何妨安榻水心亭。耳當濁俗真應洗，夢戀寒溪不願醒。卧雪眠雲同意思，玉梅花下韵泠泠。

漱石

梅成棟

峻峻休笑石頭頑，忽有高人礪齒還。誤信炊瓊真齧玉，若將餐髓欲鑽山。摶砂倘有三生証，唾地應成五色斑。塊壘衹愁消不得，莫輕服食駐朱顔。

卧酒

梅成棟

糟丘臺畔夢遺芳，慣學壺中費長房。倚甕似眠青瑣闥，舉杯身入黑甜鄉。東山絲竹招難起，北海樽罍夜正長。信是青蓮浮拍處，千秋應讓酒人狂。

費長房，長字應平聲，如長孫無忌，司馬長卿，俱應讀作仄聲。此句若以平聲讀，則不叶矣。

吞花

梅成棟

竭來花國當屠門，饞吻垂涎喜欲吞。秀縱可餐難果腹，香如能飲定消魂。饑充野菊烟霞味，細嚼寒梅冰雪痕。化入詩腸成錦綉，澆詩還用酒盈樽。

讀畫

梅成棟

從來畫癖似書癡，對畫閑尋畫裏詩。秋樹根邊勤玩味，紫荆花下静研思。一編恰似重温候，百轉真當不厭時。十日一山五日水，心唯口誦豈嫌遲。

聽香

梅成棟

不須鼻觀細參詳，静領金爐細細香。當有風時何斷續，知無音處亦悠揚。吹來蘭氣真盈耳，悟到檀烟信繞梁。古佛心清生妙會，殑伽神女六根忘。

談棋

梅成棟

自古空談技必窮，縱能議論少成功。盤中何不争先著，局外偏誇所見同。未必高低關勝負，盡多得失判英雄。老夫觀世如觀奕，默默長年作啞聾。

說劍

梅成棟

甘爲俠客耻爲儒，歷數恩仇膽氣粗。利到吹毛方可試，鍊成繞指竟能無。髑髏帳下霜三尺，慷慨燈前酒一壺。太息升平無用處，爲誰頸血濺模糊。

恒素軒雅集即席成咏

徐楊緒

通德門中列綺筵，緑鳩聲裏熟梅天。高朋舊雨聯新雨，良會今年勝往年。蒲盞狂飛櫻正薦，竹窗虚啓艾初懸。敬亭辨口昆生曲，贏得豪情廣座傳。范心農學彈詞，家浣雲歌昆弋，各極其妙。

忽忽前游記水西，僧樓列坐咏觴齊。故人轉瞬分雲樹，己丑壬辰中節兩集水西莊，同人如錢東墅、翁寄塘、王虎卿、陳石生、家蘭生諸君子，今皆天各一方。舊夢關心感雪泥。堤柳自牽宣武恨，林泉未改永和題。遥知遠水斜陽外，定有流鶯不住啼。

枕流

徐楊緒

漫向仙人借枕頻，清波一曲净無塵。浪游沅澧神初倦，卧聽瀟湘譜最真。紅藕詩情湖上夢，紫蕉衫影鏡中身。從今痛洗箏琶耳，消受蓬瀛錦樣春。

漱石

徐楊緒

吸露餐霞事偶然，三生重証補天緣。漱來轉似金求礪，茹處應知玉并堅。味比飲冰還凛凛，聲如唾地定淵淵。懷貞抱潔誰同調，擬向襄陽質米顛。

卧酒

徐楊緒

乞得糟丘好置床，黑甜深處引杯長。半酣早入仙人夢，小憩休疑學士狂。酌斗正逢粱未熟，展衾定有麯生香。奇情擬訊臨邛客，可是華胥即醉鄉。

吞花

徐楊緒

蜜官銜罷蝶拖殘，金谷誰人譜食單。梅塢春深和雪嚼，菊籬秋早帶霜餐。詩成定具噙香妙，肉相應嗤辨味難。怪是先生貪口福，更餘苜蓿佐齋盤。

聽香

徐楊緒

寂寂熏爐篆影沈，静中聲臭似堪尋。一簾蕙月僧宣梵，半榻檀雲客鼓琴。芸館賦成無俗籟，蘭窗吟罷有知音。大羅天上仙風馥，曾共霓裳慰素心。

讀畫

徐楊緒

尺幅烟綃潑墨奇，圖成難索解人知。會將北苑新摹本，讀似西園絶妙辭。楓荻蕭疏司馬句，江山平遠右丞詩。澄心堂畔閑吟倦，又向蕉窗寫折技。

説劍

徐楊緒

純鈎三尺氣縱横，雄（辨）［辯］從教滿座傾。彈鋏應須悲失路，引杯曾與話平生。滔滔斬馬驚人略，切切聞鷄感遇情。漫向西風歌敕勒，丈夫肝膽要分明。

談棋　徐楊緒

夢醒長安展轉思，橘中消息幾人知。商量全局推枰緩，指點先機落子遲。竹院剛逢揮麈客，豆棚曾話爛柯時。平生怕袖旁觀手，莫道無言勝有辭。

甲午端陽日梅花社同人聚飲于金杏林孝廉恒素軒即事　范圻

十載風流問析津，無端聚散感前因。癸未在問津書院結社，至今舊雨星散，新雨又來四五人。櫻白門弦誦推先覺，社中擢科第者先後接踵，服官者數人。紫陌衣冠步後塵。金陵諸友每善歌。越山笋筵開詞共艷，是日拈櫻桃爲觴政，小梅用紅了櫻桃句。梅花社冷句尤新。社經年始一聚。沽水三千里，寄想歸帆孝弟人。山陰張杏史孝廉文行推爲梅社第一人，因夢見母弟，遂决意買舟南歸，不復出游。

山花子　漱石　范圻

齒頰噴香碎玉丁。一生牙慧冷如冰。當時漫與知音說，不堪聽。細語婉回天意重，狂言衹白下忱清。砥礪雲根誰一口，特崚嶒。

臨江仙 枕流

范圻

俗響凡聲難入耳，莫如流水琤琮。此時高卧愛臨江。脱胎無覓迹，換骨在清湘。半枕横波緣底事，如斯逝者誰量。不知朝政弛還張。片時飛白練，一夢熟黄粱。

醉花陰 卧酒

范圻

醉去無方消永晝。不睡誰能彀。時節在端陽，畫枕紗厨、雨過涼初透。朱櫻玉笋何將就。趁瞢騰消受。怎道不清醒，窗外芭蕉、緑到黄昏後。

吞花 四合香

范圻

冉冉香叢甘到舌，浪煞閑蜂蝶。深味淺嘗饞未歇。况是花時節。滿頰芬芳含不絶。涎唾餘清洌。誰解其中酣字訣。造下了三春孽。

整理者按：此詞題下『四合香』三字爲題注，謂所吞花爲『四合香』。據《欽定詞譜》，此首詞牌應是『武陵春』，惟末句添一襯字，又用仄聲韵，爲變格。

小闌干 讀畫 范圻

繽紛楮墨古來香。心口細商量。斷軸零紈，同推世寶，蘇蔡讓倪王。亦知船載米襄陽。青綠重麻黄。静坐理深，心游筆底，禪悟認青緗。

蝶戀花 聽香 范圻

膩粉濃脂無个住。綉幕深閨，美滿聲聲度。誰把銀筝移玉柱。鶯花艷送陽臺路。壚篆瓶花相馥郁。雨滴荷塘，悄把鴛鴦護。裙帶風輕聞細語。誰知更是驚人處。

整理者按：原稿頁眉處有批語云：『郁字出韵。』

太常引 談棋 范圻

胸中韜略晋人清。午後睡初醒。出口令惟行。又勝似、臨枰甲兵。旁觀默坐，當局驚筵，静氣任縱横。永晝試談鋒。怕夜晚、喜花落燈。

鶴沖天 説劍

范圻

按而視，舞之豪。三尺瘦光韜。不平世事恨難消。佩此也無聊。　術莫顯。法未選。愁動終朝怎遣？騷壇傳説寶光高。奇絶論方驕。

整理者按：此處『鶴沖天』又别名『喜遷鶯』『春光好』，與柳永『鶴沖天』（黄金榜上）非同一詞牌。

談棋

高繼珩

往古來今黑白盤，誰言當境遜旁觀。未曾下子親身試，何不依枰袖手看。成敗論從終局易，輸贏决到事前難。眼中殘劫分明在，漫把談機逞舌端。

説劍

高繼珩

霹靂横飛舌有鋒，破空一吼似神龍。笑談祇鍊千秋膽，恩怨休縈五岳胸。敢謂古人疏此術，任呼知已許相從。隱娘紅綫今何處，問水尋山訪异踪。

卧酒

高繼珩

醉鄉原在黑甜鄉，不比邯鄲歲月忙。一踞糟床消壘塊，每欹麴枕傲羲皇。袁安偃仰壺天闊，畢卓沈酣甕底香。笑我不勝蕉葉飲，聊將抱膝學南陽。

吞花

高繼珩

嚼梅餐菊尋常事，又擷天葩信口吞。胸鬲不曾留宿物，肝腸定許種靈根。化爲丹篆心頭貯，幻作青蓮舌底噴。聞説桃花堪悟道，朝朝炊粥傍元門。

聽香

高繼珩

心清忽覺耳根聰，一縷旃檀繚繞中。蘭氣如雲疑作雨，樨枝墜露豈關風。静參寶篆開靈慧，閑撥金爐警聵聾。縱到成灰香不散，聲聞悟徹見圓通。

讀畫

高繼珩

詩豈無聲觸會心，焚香掃地静沈吟。卧游忽悟山都響，夜座能教理自深。每對烟巒愁卒業，漫嗟筆墨少知音。更求妙手將予補，秋樹根邊枕素琴。

枕流

高繼珩

一覺黄粱水國秋，暫抛書劍枕寒流。夢中琴筑清于洗，耳畔塵囂净不留。漫學漆園參幻蝶，且偕巢父飲耕牛。波痕如簟烟如帳，好向瀟湘續卧游。

漱石

高繼珩

齒牙何事不玲瓏，合與勤磨并細礱。嚼碎雲根通道氣，吸殘山髓足仙風。鋒棱應藉巉岩礪，磊塊能將駑鈍攻。從此清言霏玉屑，隨風咳唾灑長空。

聽香

韋偉人

聞説奇南出海南，耳于鼻觀喜先參。添憑紅袖摇金釧，撥借黄沉響玉簪。隱約鷓斑花外拂，分明鷄舌暗中含。市聲認得來忉利，一片和風到佛龕。

讀畫

韋偉人

短長屏幀任縱横，滿壁雲烟眼底生。意到空中原有筆，詩成妙處本無聲。香温茶熟從頭看，石角花邊偶記名。舒卷百回君莫厭，爲求真訣要分明。

說劍 韋偉人

劍鋒争及舌鋒長，吐氣如虹信有光。任爾星晨都動色，知君齒頰欲飛霜。已勞歐冶辛勤鑄，好共猿公子細詳。一派懸河瀉秋水，漆園妙喻未荒唐。

談棋 韋偉人

流水松陰絶點塵，一枰霏玉味津津。拈來信手都成諦，妙到旁觀得解人。奥旨陰陽分黑白，深山經緯動星辰。事關勝負憑伊說，好作蕭閑局外身。

枕流 韋偉人

居然水處竟無舟，隨意攲憑碧玉流。風縠裁波平似簟，雪花與浪并盈頭。清宜洗耳栖遲穩，白到盟心寤寐幽。争怪雲濤歸腕底，起來驅使不能休。

潄石 韋偉人

休覓仙人煮石方，潄來六藝想争芳。山中此友堪爲錯，世上何人不吐剛。侈口談應霏玉屑，捫心清欲擬冰凉。齒牙得利從今日，一任溪聲瀉廣長。

卧酒

韋偉人

濡首何曾凛聖經，玉山頽處倒銀瓶。埋渠一鍤常教荷，醉我長年不願醒。麴枕晨鷄催喔喔，糟床夜雨滴冥冥。甕邊畢卓壚邊阮，都是人間放浪形。

吞花

韋偉人

怪底如蘭氣吐芳，能消艷福豈尋常。英餐黄菊人俱瘦，舌粲青蓮齒亦香。盡有春風生口角，雅宜冰雪共詩腸。笑儂一似饞蜂蝶，飽趁梅花日日忙。

讀畫

李耀琛

誰把丹青馳譽工，畫中詩趣藴無窮。繪聲轉在忘言候，有象都歸面壁功。悟破烟霞聊爾爾，搜羅樓閣亦空空。憑虚結構皆如此，熟到天機一紙同。

聽香

李耀琛

象外旃檀静裏尋，偶通鼻觀亦通心。一枝香重鈴聲墮，三徑風吹露響沉。雲外飄來誰弄笛，爐中焚處乍停琴。芝蘭在室聞清妙，掃地還須待客臨。

枕流

李耀琛

年來浪迹太悠悠，露宿沙眠狎鷺鷗。不以浮沉忘好夢，能安衾影屬清流。滌來塵穢心如覺，悟到滄浪耳與謀。不洗更誰知石隱，虚名枕藉笑巢由。

漱石

李耀琛

粲粲還投石齒堅，此形得自運壚年。應聲非借山爲口，吐慧全憑硯作田。怪到能言防有玷，叩來無語亦驚天。法輪祇許生公説，洒濯心神拜若顛。

讀畫

李雲楣

妙絶丹青景物羅，常時相對耐摩抄。乍觀祇覺詩情健，細讀忽驚生趣多。揮灑知伊工慘淡，追尋累我費吟哦。幾回讀罷心神倦，一笑爭如面壁何。

聽香

李雲楣

不斷幽香是處生，此心清處似堪聽。靜中消息花初發，空裏芳菲瑟乍停。檀板樓頭風裊裊，芷蘭江上水泠泠。最憐紅袖深宵伴，添得書聲字字馨。

談棋

李雲楣

世事紛如一局棋，就中黑白莫相疑。識高每自推枰後，算定何妨下子遲。松院無聲風靜處，竹樓有韵客來時。諸君且莫津津道，當局分明却是誰？

說劍

李雲楣

休將劍術問風胡，説罷飄然膽氣粗。舌穎分明三寸利，談鋒絶妙一痕孤。大言敢謂稱君子，疾視端應笑匹夫。數盡恩仇緣底事，世間曾有不平無？

枕流

李雲楣

莫向松間枕石頭，偏來㶁㶁俯清流。聽泉妙句懷摩詰，洗耳高風效許由。未必憐才留洛浦，料應有夢到瀛洲。恬然不借邯鄲枕，從古微名本是浮。

漱石

李雲楣

阿誰礪齒破機緘，漱石高風迴不凡。自爾填胸消魄壘，定應出語妙空嵌。好音似玉終難悶，隱語如碑未許銜。歸向山中休學煮，雲根鑿處總貪饞。

卧酒

李雲楣

世味争如此味長，恬然一覺到羲皇。甕頭吏部原非癖，水底仙人豈是狂。衾枕不嫌天地闊，醉醒却笑古今忙。年來衹覺愁堪掃，惟願陶陶老是鄉。

吞花

李雲楣

細嚼梅花自古聞，吞花的是勝花薰。和來豈藉酸鹹味，化處偏成錦綉文。頓使心胸翻別樣，致令齒頰散餘芳。他年秉筆彤庭上，活色生香迴出群。

漱石

徐文烘

誰分山髓與雲根，漱咽偏將礪齒論。匪我思存心不轉，借他攻錯口能言。石如無骨何妨爛，舌本生瀾盡可翻。堅介自成清白操，由來空谷爾音存。

枕流

徐文烘

潺湲一枕俯寒流，滌盡胸中萬古愁。此處無人堪洗耳，有時得地即昂頭。苔茵斜展隨身卧，山色横陳與目謀。鷗鷺忘機清入夢，梅花如帳月如鈎。

卧酒

徐文烘

伊誰高築此糟丘，佳境何如擬卧游。紅友偕予同潦倒，黑鄉擁爾作温柔。聖賢盡可三杯辨，天地全憑一枕收。我醉欲眠卿且去，斯言消得幾多愁。

吞花

徐文烘

愛惜名花自較量，欲吞想像更疏狂。前身合配和羹種，此日如傳辟穀方。餐盡烟霞爲錮癖，鍊成鐵石作心腸。食單俱列群芳譜，得句常留齒頰香。

聽香

徐文焕

一縷清香何處尋，金猊細裊篆紋沉。參來似色真非色，聽到無音始是音。花落旃檀人在座，貝翻檐葡樹成林。刹那頃已形聲具，不啻三乘度寶針。

讀畫

徐文焕

尺幅丹青費揣摩，藝林真趣此中多。荆關粉本辛勤閲，董巨生綃子細哦。如獲奇書難釋手，若逢佳境輒狂歌。珍藏莫負良工意，不厭流連讀百過。

談棋

徐文焕

坐隱相忘日影移，論將成敗兩心知。人逢當局談何易，事到臨枰見已遲。姑媳推敲呼燭夜，仙樵指點爛柯時。個中著著君須記，黑白分明是此棋。

説劍

徐文焕

磨得青萍已十年，忍教長匣久空懸。燈前試舞風生座，酒後論心雪滿天。價值憑誰酬寶鍔，功名仗爾上凌烟。不知多少英雄事，鋒刃猶餘血色鮮。

端節梅社雅集金杏林内弟恒素軒即事

姚承豐

軒窗幽静廠烟蘿，小聚聯吟興若何。紫椹朱櫻佳節酒，銅琶鐵板雅人歌。分題定有新詩續，入座仍憐舊雨多。見説年來觴咏趣，水西莊畔幾經過。

枕流

姚承豐

清韵泠泠一枕收，此身偃仰托清流。激將濁世嫌污耳，挽到狂瀾漫裹頭。鷗鷺共尋川上夢，嘯歌獨寤澗中秋。低頭顧影真如鏡，堪笑巢由但飲牛。

漱石

姚承豐

漱餘芳潤帶香噴，雲液流甘任吐吞。咳唾定聞珠玉響，巉岩留得齒牙痕。舌鋒不礙霏花雨，口味何如咬菜根。爲試齟齬憑砥礪，莫將銜闕認無言。

卧酒

姚承豐

無事銜杯樂聖賢，倦來倚甕得安眠。黑甜境許糟丘接，紅麴香從鄂被搴。醉矣幾回鼾席地，頹然隨處枕壺天。東山絲竹南陽榻，醒眼終須傲謫仙。

吞花

姚承豐

醉飽將無饜飫同，餐英人立百花叢。春生口角芬芳吐，酒沁心頭芥蒂融。禪味破除烟月外，詩腸蘊結色香中。酸鹹欲試和羹手，笑掬寒梅嚼雪風。

聽香

姚承豐

風花露葉滴氤氳，入耳都教解惡氛。魂覺浄來聲未寂，心真清處妙能聞。喧騰幽砌歸蜂抱，響墜重簾睡鴨熏。蘭有芳言梅有笑，解人不易索殷勤。

讀畫

姚承豐

百回不厭擁書城，忽對丹青故態萌。展卷幾回驚未見，尋詩絶妙惜無聲。豪吟定許江山助，久味方知筆墨精。萬幅搜羅窮北苑，一番賞玩一神傾。

談棋

姚承豐

空談風月太忘情，一著能教四座驚。簾簟清疏酣笑語，河山慷慨付楸枰。傾心細數塵中劫，抵掌雄争紙上兵。隱橘爛柯成底事，神仙果否論輸贏？

説劍

姚承豐

説盡平生磊落胸，腰間奇氣斗牛衝。歌成倚柱羞彈鋏，語到驚人欲斂鋒。三尺提携共笑傲，一聲咤叱走蛟龍。品題頓長青萍價，定有風胡喜見逢。

聽香

李雲榱

恰似無聲却有聲，静中消息倍心清。非關梟篆垂簾久，祇覺閑花墮地輕。鳩婦雨敲頻斷續，鼠姑風撼轉分明。誰知徵羽宫商外，别有元音響不平。

讀畫

李雲榱

畫叉挑出古雲烟，墨瀋淋漓翰藻鮮。綉碎縷分探妙理，天機石脉見真詮。文章花謝隨流水，詩法薪傳得輞川。過眼不如閑供養，漫將斯語笑迂顛。

臥酒

李雲檥

冰傾玉瀉發新醅，樽榻横陳共一堆。隻手罷擎金鑿落，此身忽放玉山隤。休將麯部譏名教，誰向糟丘辨异才。莫訝酒星驚入座，前生謫自大羅來。

吞花

李雲檥

何事神仙辟穀方，百花大嚼竟爲糧。菜根咬去芬流齒，竹葉澆來錦塞腸。大底文章增艷麗，自然著述發奇香。江郎老去才難盡，五色何須夢筆償。

甲午五日樹君師重邀梅社同人集敝齋即事賦此應教

金渶

記得騷壇我執鞭，水西載酒繼群賢。故人半是中朝貴，照眼榴開又一年。
文星一笑聚吾廬，茅茨蓬蒿未剪除。座上風來都作雨，緑槐庭院午陰初。
食單料理范萊蕪，紫椹朱櫻色色腴。酒興未闌歌興發，漁陽三下聽狂呼。

但覺吟懷暢酒懷，雨聯新舊小軒開。從今梅社詩重續，雅集應題十七回。

漱石

金漢

漱芳妙義想當年，文卯呑來事已傳。不礙粲花騰口舌，非關和藥飲神仙。烟霞恰使清心沁，砥礪都從利齒堅。怪底狂言霏玉屑，齟齬久自謝塵緣。

枕流

金漢

粲澗何人任卧游，長年一枕水悠悠。消除塵事難侵耳，滌蕩冰銜好上頭。岩嘯聽低三峽瀑，泉聲夢入五湖秋。清心一片堪相證，同調無多隻鷺鷗。

卧酒

金漢

酒國春原特地長，有人偃卧傲羲皇。飯攤麴部胸容坦，枕藉糟丘夢亦香。醉聖床頭忘旦暮，謫仙花下倚豪狂。笑他自詡清醒者，但解瞢騰覓睡鄉。

呑花

金漢

萬種千般錦綉鋪，摘來一飽亦仙乎。蕊生心意能增艷，秀入胸腸可潤枯。細嚼自應和雪咽，加餐擬欲待春沽。從今烟火全消却，惟問名花放也無。

讀畫　金漢

圖上如披絶妙辭，一番展卷百回思。人惟寫意方工畫，譜到無聲便是詩。象外雲山吟不盡，胸中丘壑嘴來奇。心游神聽丹青裏，摩詰情懷宛見之。

聽香　金漢

無聲陣陣暗香侵，久座高齋入聽深。俗耳自宜塵外洗，清心獨向静中尋。索來梅笑方真味，嗅得蘭言是賞音。茶盞棋奩人共寂，幾回領略一沉吟。

談棋　金漢

高賢坐隱托楸枰，局内閑敲故故聲。勝算聊分文陣妙，先機誰解議圍争。手揮不事言中刃，指畫同驅紙上兵。爲領深溪仙子示，得來十訣任縱横。

説劍　金漢

一聲斫地怯胸肝，落落豪情得大觀。彈鋏英雄舒嘯傲，引杯將士雜悲歡。提携欲共鮫龍泣，叱咤真凌斗宿寒。語爲及鋒欣乍試，光芒逼處掩來難。

枕流

姜鍾喆

驀地泉聲落上流，黃粱炊處枕偏幽。浪翻冰簟波爲席，帳倩烟綃月作鈎。洗耳逸情堪嘯傲，曲肱別致轉優游。夢魂已把仙源徹，爲問清心尚兢不。

漱石

姜鍾喆

揀得如拳手自摶，牙鋒犀利漱何難。雲根吸斷心偏淡，石髓吞枯齒倍寒。吐出珠璣明的的，嚼殘玉骨露珊珊。差同六藝多芳潤，到口留翻舌底瀾。

卧酒

姜鍾喆

一醉中山卧有情，漫云人世少劉伶。甕頭已得羲皇趣，夢裏猶將畢卓評。頽矣玉山香自溢，恬然麯院味逾清。西窗剪燭論文輩，好向糟丘結隊行。

吞花

姜鍾喆

愛煞名花到處芳，吞來朵朵莫嗤狂。仙葩咽處心彌艷，秀色飡時齒亦香。餐菊淡宜秋士味，嚼梅惟趁道人粻。從兹吹出如蘭臭，好釀詩家錦綉腸。

談棋

姜鍾喆

長日難消一局棋，清談猶自解人頤。品評黑白軍聲壯，指點楸枰月影移。揮塵我真忘勝負，爛柯渠亦笑顛癡。閑觀蘇子優游句，此味由來尚未知。

説劍

姜鍾喆

寒燈風雨黑連宵，俠客聯床意氣驕。三尺青鋒光正吐，幾番玉屑理偏饒。雷霆議論披肝試，塊壘胸襟藉酒消。歐冶豐城談鑿鑿，莫教紅綫嘆無聊。

讀畫

姜鍾喆

閑披畫軸慢拈髭，墨瀋淋漓讀亦宜。造化功原同六籍，謳歌興好醉千卮。通靈有韵多香紙，高咏無聲數卷詩。堪笑世人常耳鑒，任他逸品總難知。

聽香

姜鍾喆

一抹香痕淡遠縈，小窗無事耳還傾。飄殘古篆形微現，掩罷重簾韵更輕。幾度因聲將意寄，偶聞入妙藉心清。此中消息誰能得，本不分明轉莫名。

梅社同人小聚恒素軒即事

元烺象文

芳草萋萋槐蔭深，軒名恒素足憑臨。高年前輩推梅老，小宴金朝即杏林。一串菩提傳妙諦，樹君先生腕帶菩提子串。數聲檀板發清音。蓮如、浣雲酒後高歌，并皆佳妙。放懷未許談家國，蒲酒酣歌綺皓心。

讀畫

元烺

詩中有畫畫中詩，以畫爲詩試讀之。石上清泉誰與和，松間明月自來窺。神游象外恬吟候，意在毫端醉墨時。識得六經皆粉本，開天無字是真師。

聽香

元烺

楞嚴讀罷篆烟颺，闔目觀心坐石床。但覺滅聞還滅見，從知無臭亦無香。此身已入空明舍，滿室常留水月光。風送鳥聲開睡眼，縈簾縹緲幾絲長。

整理者按：『緲』字原書『紗』，『紗』字出律亦不通，應係抄録手誤，故改爲『緲』。

談棋

元烺

手談無事即神仙，千古興亡任變遷。但守寸田甘退後，能藏一著莫争先。六朝戰壘殘枰外，五代軍聲静榻前。玉局未終柯已朽，世人誰識橘中天。

説劍

元烺

十年學劍亦徒然，彈鋏歸來轉自憐。漫説得之爲健僕，何如化去作飛仙。功名豈仗提三尺，俠烈空教付一鞭。從古不平多少事，那能細細訴龍泉。

談棋

徐善來

手談鎮日適幽情，黑白分明列石枰。底事凝神勞指屈，祇須抵掌縱心兵。竹雲有影籠長塵，花雨無聲墜短檠。坐隱鷄窗饒逸趣，止留風月助閑評。

說劍

徐善來

獨抱雄心品太阿，龍泉三尺幾摩挲。舌翻霜刃誰能敵，詞吐英風不可磨。脱口春風生巨闕，迎眸秋水瀉懸河。從今誓把青萍礪，彈鋏逢人到處歌。

吞花

徐善來

口角生春饜衆芳，流芬齒頰味偏長。細烹緑茗聽泉沸，新釀紅英入酒香。秋菊餐來輕瘦骨，寒梅嚼碎冷詩腸。采薇莫羨西山節，丹篆相期飽睡鄉。

卧酒

徐善來

北窗高卧步兵厨，相伴床頭酒一壺。帳裏陶情傾白墮，夢中感舊戀黃壚。舉杯欹枕葡萄泛，隱几開樽壘塊無。我醉欲眠吟榻穩，花村明日待重沽。

聽香

徐善來

靜中領略芷蘭馨，莫道幽香不可聽。有客閑情焚石鼎，是誰側耳立花汀。濃隨竹韵穿疏箔，細逐琴聲出短檽。月上西窗蜂蝶去，隔墻隱約度前庭。

讀畫

徐善來

翰墨通靈變化奇，聳肩細讀畫中詩。白描寫出無聲句，粉本圖成絶妙詞。拔俗技真工設色，卧游人正撚吟髭。咿唔試味丹青法，恰似歐陽夜賦詩。

漱石

徐善來

不借流泉浸潤功，漱將卷石藉磨礱。齒牙砥礪如相叩，喉舌生芒本善攻。入口似銜珠錯落，聞聲疑戛玉玲瓏。仰看巖畔飛寒瀑，也送鳴喘涌峽中。

枕流

徐善來

臨流一枕浪花俱，盡日高眠卧海隅。五夜鳴泉聽澎湃，半生清夢落江湖。曲肱常共波同折，洗耳應知水易濡。濯罷長纓人未起，從今更不羡珊瑚。

吞花

焦有霖

臭味相親本自然，由來舌底吐青蓮。餐英卧讀離騷句，嚼雪高吟秋水篇。香沁詩脾晨醉後，詞吹蘭氣晚風前。人間烟火都消却，碧藕冰桃即是仙。

卧酒

焦有霖

始信中山酒力剛，花陰一卧小匡床。午眠攤飯醒來未，卯飲澆書醉不妨。紅友幾人同此趣，黑甜于我有真鄉。二十九日頻中聖，叉手哦詩意態狂。

談棋

焦有霖

長日花間似小年，知君原是橘中仙。手談且代清談妙，小隱聊成坐隱緣。清簟疏簾聲未寂，秋燈夜雨客無眠。揮來麈尾風流甚，玉子應争一著先。

漱石

焦有霖

幽人樂事與人殊，倜儻都教磊塊無。芋熟緑分雲葉膩，袖痕香惹石華腴。嵯峨胸裹藏丘壑，咳唾風前落玉珠。領略烟霞真趣味，空山一嘯月輪孤。

枕流

梅寶璐

高尚何妨枕石頭，泉亭安榻亦悠悠。半江寒夢瀟湘譜，一枕游仙湖海秋。俗耳自宜清浪洗，芳魂應逐落花浮。捫胸偃仰真虛闊，滌盡狂生萬古愁。

漱石

梅寶璐

峻嶒頑石作何功，牙齒猶能試一雄。舌上剛鋒聞砥礪，口中碎玉戛玲瓏。吸殘山髓三生夢，唾出雲根五色融。莫謂補天缺巨手，咳來玉屑足凌空。

卧酒

梅寶璐

斗酒陶情事偶然，且偎春甕學張顛。如從夢裹邀明月，似悟壺中別有天。金谷三杯輕夜宴，春風一榻小游仙。醒來拍拍胸襟闊，應化青蓮詩百篇。

吞花

梅寶璐

摘花入酒供飛觴，花欲狂吞亦不妨。潔雪嚼來梅淡泊，寒霜啜出菊芬芳。天香飲沁神仙骨，國艷餐融錦綉腸。有日蓬萊聯盛會，定能五色吐文章。

聽香

梅寶璐

金屋閑供樂窩中，悟徹旃檀悦耳聰。蘭氣襲人言隱約，松風隔水韵丁東。一絲引入琴心幻，幾縷飄來梵語空。静對白蓮生妙會，碧紗窗外雨濛濛。

讀畫

梅寶璐

畫裏詩情縱可尋，何如以畫作詩吟。始知名士通神筆，都是書癡悟會心。面壁幾回頻擊節，披圖三復是知音。芭蕉窗下丹青引，唯誦天機所到深。

談棋

梅寶璐

竹軒風静雨初晴，有客談棋四座驚。不向盤中分勝負，閑從局外判輸赢。藏機豈是人間法，拂麈能驅紙上兵。莫笑眼前争黑白，乾坤雖大亦楸枰。

説劍

梅寶璐

話盡生平惟此劍，一條秋水見胸肝。舌翻冰刃風聲凜，口瀉龍泉月色寒。叱咤凌空驚鬼魅，恩仇仗爾助悲歡。敢言一舞輕天下，不是英雄佩也難。

聽香

高陽李轍通

十載蜂喧蝶鬧癡，涪陽香尉舊風姿。清歌笛裏梅花落，軟語屏間豆蔻吹。別院燒球釵響亂，隔墻搗麝杵聲遲。蘅蕪散盡旃檀奉，默契靈芳耳食知。

讀畫

李轍通

一花一草盡精神，樓閣烟綃幅幅春。長卷勤如牛背士，短檠癡憶虎頭人。圖開蛺蝶雙飛活，水盥薔薇再拜頻。笑我丹青未推就，廿年空負苦吟身。

談棋

李轍通

輕簞疏簾白石枰，手談花院静無聲。對燈莫扣檠中日，揮麈難鏖紙上兵。楓殿神童陳動静，橘園仙客話輸赢。英雄捫虱心猶壯，一著微差滿局傾。

說劍

李轍通

失水龍身久困時，茫茫前路欲何之。利同烈士規韓信，重比詩人譽項斯。議價風塵終有識，論交肝膽向誰披。豐城莫漫傷埋没，會看衝牛貫斗奇。

吞花

李轍通

含嘴英華飫衆芳，大千春色入詩腸。一枝白雪餐冰蕊，百盞紅雲咽海棠。异質早傳丹篆古，仙根新授鐵丸香。江郎未老才先退，五色生花夢筆荒。

卧酒

李轍通

放縱歸來張季鷹，藉糟枕麯日瞢騰。閉門欲繼高人雪，擁被徒傷孝子冰。狂擬眼花詩百首，酣同腹稿墨三升。無憀獨羡劉元石，千日中山喚不應。

漱石

李轍通

漱石端應礪齒剛，子荆俊辨試參詳。思如泉涌心堅潔，聲作溪流舌廣長。虚白似噙雲母脆，空青疑啖玉脂香。年來雅慕神仙事，好共黃精煮作糧。

李轍通

枕流

携枕翻尋曲澗傍，亂流影裏送斜陽。縱殊雨浪眠烟艇，宛似風泉響石床。洗耳恰宜清冷地，曲肱也入黑甜鄉。挂冠我羨陶彭澤，田水聽來策杖忙。

天津閻炳懿哉

卧酒

糟丘一夢足豪狂，解識壺中日月長。赤壁舟中忘既白，青蓮花下睡昏黃。權憑麯枕爲肱枕，始信甜鄉是醉鄉。萬事不如杯在手，斯言定可傲羲皇。

閻炳懿哉

吞花

不作人間肉食糜，此生清味與花宜。春風入口言應麗，秀色充腸俗可醫。餐菊爲消烟火氣，嚼梅獨結雪冰思。飽來金谷芳菲地，坦腹吟成錦綉詩。

漱石

閻炳懿哉

嶢岩藉作漱芳供，妙義留傳莫測踪。吞吐全教廉節礪，玉珠宛向齒牙衝。湯分青藥神仙味，飯飽黃糧鐵石胸。咬得菜根同結想，烟霞饒趣任橫縱。

枕流

閻炳懿哉

悠悠一枕藉廉泉，偶共沙鷗遂卧眠。夢入秋江心皎潔，風來槃澗睡神仙。昂頭不與浮沉事，洗耳惟全淡泊天。睡起清流時一笑，波心明月證前緣。

漱石

天津孫兆燕

滿胸磈磊酒難澆，欲把名山石隱招。與爾點頭談窔奥，憑君礪齒漱瓊瑶。舌端莫訝鋒偏健，牙慧從來玉可雕。惟有此心終不轉，何愁□璞老漁樵。

整理者按：『何愁□璞老漁樵』句，原文脱一字。

枕流

孫兆燕

濯足曾尋萬里流，塵懷久已謝悠悠。棲遲豈但衡門樂，枕藉還期汗漫游。心會曲肱依泗水，魂隨清夢到瀛洲。清時自有波堪挹，洗耳何須效許由。

聽香

孫兆燕

心清自與妙香宜，翻覺吹來到耳知。滿徑綠陰呼酒處，一簾紅雨落花時。枕虛夜月垂荷露，衣染秋風舞桂枝。閑爇水沉添睡鴨，悠然無語理冰絲。

讀畫

孫兆燕

幾回展卷幾沈思，想見搖頭得意時。不信能書空外字，更教還讀畫中詩。別風淮雨應無誤，華黍南陔不費詞。拍案有人同叫絶，兔園册子莫相嗤。

談棋

孫兆燕

誰道圍棋是手談，還將妙趣口中探。胸藏高著無人解，語帶深機有味含。成敗辯從千古熟，乾坤議欲一枰參。區區小技何須泥，黑白無心本素諳。

説劍

孫兆燕

翹首高樓對酒樽，唾壺擊缺陣雲昏。壯懷未折荆卿氣，真賞誰開薛燭門。不信毛錐能誤我，若談利器欲銷魂。書生自恨無奇節，獨向秋風賦大言。

卧酒

孫兆燕

醉鄉深處睡鄉連，寢饋參軍酒德篇。自晦有時高枕卧，獨醒祇許下床眠。玉樓人倦雲鬟亂，金谷春寒錦幛懸。惟有麴牛風味好，相邀同入夢陶然。

吞花

孫兆燕

名花爲國彩爲幡，笑我奢心欲并吞。胸滿詩書香欲沁，腸撑錦綉腹堪捫。嚼梅冷透幽人夢，餐菊清消楚客魂。此味從來知者少，腐儒祇解齕齏根。

沽上梅花詩社存稿……第十七集

樹君先生暨解小亭高寄泉李采仙王春甫諸公邀赴望海寺訪悟成上人集河樓飲餞敬賦七律二章奉謝即以留別

韋偉人

記得曾登望海樓，光陰一瞬十餘秋。余庚辰游此。公俱楊柳垂青眼，我似蘆花已白頭。雲樹極邊分遠島，風帆隊裏認閑鷗。來朝判袂臨三岔，化作相思各處流。

談元我本愧超超，况值離魂黯欲銷。拼却沉酣飛酒盞，重來因果問僧寮。游心偶爾慚張益，時諸公皆履，予獨著靴。吃口何緣得解嘲。行見長安諸集彦，看花一一馬蹄驕。

甲午秋日太湖韋蘭襟孝廉小住沽上將有都門之行同社諸友招同望海樓之游即以奉餞蘭襟賦詩留別步其原韵

梅成棟

萬頃河光抱此樓，憑欄望盡海門秋。緑波照影争低首，白髮欺人忽滿頭。去住隨風花上蝶，蕭閑結伴水邊鷗。論詩未久行將別，帆挂離愁向北流。

書生投筆羡班超，老静諸緣壯志銷。小市深杯尋渡口，蒲團香火戀僧寮。一尊白墮催詩興，卅載青襟任客嘲。轉盼諸公争得意，春明門外馬蹄驕。

七月既望同人招韋蘭襟孝廉游望海樓并餞都門之行即步留別元韻

高繼珩

携手同登望海樓，風帆雲樹媚清秋。欄前直得長舒嘯，天外何忍共舉頭。引路僧閑疑野鶴，悟成上人忘機人静狎沙鷗。惟憐別緒深如水，生怕分流暫合流。清談更比阿龍超，不許離懷逐雨銷。落落虬髯張酒壘，層層鴻爪印禪寮。詩欽應物饒新麗，才愧參軍賦答嘲。轉瞬春明花事早，探花好騁玉驄驕。

同韋蘭襟登望海樓餞別倒用蘭襟韵

李雲楣

金風初謝伏陽驕，携伴同游莫見嘲。好友相逢欣入社，高僧已去嘆荒寮。謂天然上人方池草滿蛙聲健，曲檻花疏蝶夢銷。不是登臨傷往事，元龍意氣本來超。羡君談笑自風流，瀟灑渾如海上鷗。祇欲談詩曾把臂，何忍倚醉且科頭。杏林豫卜天街曉，壁間有杏林春燕圖。蘆岸先吟水國秋。無限離情莫惆悵，烟波深處共登樓。

七月既望同人招韋蘭襟孝廉游望海樓并餞都門之行即步留别元韵

王崇綬

帘影招人上酒樓，蓼花紅瘦一天秋。梧桐葉落宫墻角，在望海樓遠眺。砧杵聲敲古渡頭。失偶將雏憐幕燕，綬時方悼亡，勞君賦詩見慰。同心把臂狎盟鷗。緑楊古道攀條處，潭水相思萬頃流。

爲愛高才色相超，離魂使我黯然銷。關山路杳嗟行旅，風雨鷄鳴咏綺寮。七載夢回江上月，戊子綬曾作西江游，今已閱七載矣。三秋胸蕩海門潮。惟憐袜綫無長技，翹首青雲羡馬驕。

前作嘲字出韵戲成一律解嘲

韋偉人

司農倒印説匆匆，昨日章成急就同。字爲傳聞誤淮雨，罪真唐突到清風。莽夫自笑嘲難解，邵子休援韵可通。翻怨沈郎太多事，少陵詩句肯朦朧。

沽上梅花詩社存稿……第十八集

題劉伶荷鍤圖

梅成棟

咄咄真怪事，舉世諱言死。達哉劉伯倫，看作尋常耳。露莖輂赴華林道，銅仙泪滴秋風老。依樣壺盧柄倒持，斜陽銅雀旋衰草。阮籍驅車車輙窮，向秀開樽樽欲空。參軍不得龜山斧，鸞鳳徒羈荆棘叢。英雄束手當時事，竹林同此醉翁意。醒人皆醉醉人醒，醉鄉生死真游戲。畫師命意何新奇，寫出嶔嵜磊落姿。幕天席地共一夢，生不足樂死何悲。吁嗟乎金爲棺、玉爲椁，不如一抔黄土深深裹。何人白骨不成塵，何處青山不葬我？此人此語足千秋，此圖懸之壁上能銷萬古之煩憂。請看晋代衣冠客，春草茫茫貉一丘。

題天台劉阮圖

嵇文錦

髫齡嘗入天台游，披圖恍挹蓬壺秋。當年悔不學齊贅，青山白石盟閑鷗。漢時劉阮此采藥，笑語雙鬟來綽約。指郎名姓締郎緣，填橋無俟銀河鵲。片片花飛藉作茵，胡麻飲進證仙盟。畫眉好倩雙花管，合疊同歌夜月明。白雲從此留儂住，比翼鴛鴦朝復暮。煮石餐霞伉儷心，翩躚宛若驚鴻遇。半載山家傍玉姿，神仙兒女兩情癡。燕子歸來不知世代滄桑變，但覺山中日月遲。一朝游子歸心亟，宛轉牽裾留不得。悔，舊壘非，雲礽繁衍都難識。骨内驚心越與秦，故鄉翻作异鄉人。回頭小別俱成舊恨新愁合并生。此心悒悒誰能解，告訴鄉鄰俗情駭。遇仙容易尋仙難，昂霄入壑情難罷。我亦天涯淪落人，茫茫何處叩仙因。繪成一幅仙源路，尋得桃花再問津。

題桃源避秦圖

范圻

我聞桃源欲尋尋不得，忽見烟水蒼茫春弄色。不知身入畫圖中，如在深山人未識。丹青妙筆幾千年，脱去繁華謝俗緣。再覓前踪迷舊路，恨留漁父打魚船。武陵陳迹寫生綃，能使塵心頃刻消。座上春風吹到我，何須愁破酒頻澆。不知魏晋祇知秦，未及羲皇亦古人。心目兩游皆自得，一時恍作葛天民。衣冠遠代猶無恙，丘古長埋都近葵。誰教人世利名心，捲入桃花三尺浪。君不見一時能悟長生訣，全在洞天真有别。落花流水聽其然，俯仰安恬塵事絶。我將此幅作長歌，暫避囂煩俗冗多。半日蕭閑梅社散，問津無處耐人何。

題愿歸盤谷圖

高繼珩

李愿歸盤谷，山在太行陽。昌黎送之去，發爲古文章。丹青絶世筆，寫照窮微茫。能將高蹈懷，繪入圖一張。古今磊落大丈夫，身世内外籌行藏。苟不得志于斯世，歸乎歸乎何徜徉。賤子家住田盤麓，傳是當年舊盤谷。辨是與非見總膠，應有戀栖白雲宿。卯春壬秋曾兩游，入山必深想高躅。一自饑驅攖世網，苦向風塵事征逐。囊空莫購買山貲，婚嫁逼人尤碌碌。此心應荷山靈鑒，夢魂常繞仙鬟緑。披圖如聞猨鶴招，秣馬脂車悔不速。明年决計歸故林，故人送我情更深。何當重覓傳神筆，爲畫昌黎一片心。

題黄庭换鵝圖

李耀琛

晋室清談角勝時，有真名士是羲之。群賢畢集蘭亭日，後有作者誰不知。俯仰之間皆陣迹，今之視昔果吾師。一觴一咏性情見，就中書法尤稱奇。古今書法不多見，秦篆漢隸相參差。動合楷法鍾太傅，繼太傅者妙有姿。鴻寶崢嶸千百載，黄庭使我更神馳。龍翔鳳翥迹難比，春蚓秋蛇有若斯。我今見之尚稱快，當時得者樂不支。得而樂者良非偶，山陰道士詎敢期。松烟之墨非所愛，兔毫之管非所資。有時性好鵝鵝者，嘶遇大雅形支離。羲之造門乃大悦，謂獨何爲不我貽。鵝有逸致筆有韵，鵝之可愛勝臨池。胡乃道士弄狡獪，异哉非吝亦非私。願請黄庭書一卷，舉以相贈禮所宜。羽流何必無真賞，名士豈不受羈縻。木公色動金母悦，太乙壇邊神護持。留之半日等閑事，名姓應傳碧落碑。吁嗟乎好以好投聊復爾，名因名累竟何疑。非真名士無真好，後之書者那若兹。貯以錦囊藏玉匣，我爲右軍書法撚吟髭。

題東坡笠屐圖

李雲楣

通人寓興無不可，鮮衣粗服皆由我。髯公偶訪黎子雲，屐齒縱横笠影蝉。歸路無端風雨遭，摳衣危步形神勞。兒童婦女走相覰，犬亦隨之聲牢牢。大抵世情怪所怪，豎儒見之應笑壞。人笑先生狡獪容，我今望圖先下拜。在天不畏星磨蝎，塵世揶揄何足咄。滿腹本不合時宜，宦海升沉幾顛蹶。偶然游戲非無狀，嘻笑怒駡容放浪。暫將笠屐繪成圖，轉覺生趣溢紙上。吁嗟乎雨中笠，烟中蓑，一雙蠟屐涉風波。

桃花流水春江上，比似仙人張志和。

題虎溪三笑圖

徐文烘

遠師精舍東林東，欲往從之無徑通。匡廬瀑布二千尺，懸流倒捲蛟鼉宫。一溪劃斷青山界，長松謖謖來天風。峰迴路轉不知處，石梁蜒蜿如垂虹。非仙非佛不得渡，猛虎一嘯空山空。一客葛巾頭白髪，一客羽衣雙青瞳。跫然足音自來去，尋聲時聽闍黎鐘。相逢共入維摩室，説法辭墜天花紅。入夢之鶴幻非幻，無弦之琴慵非慵。蓮社僧歸月在地，桃源棹返花迷踪。緑苔時留送行迹，過橋人去山千重。撫掌大笑笑何事，回頭來徑雲爲封。我將此圖懸素壁，猶聞笑聲溪聲相答聲淙淙。

題虎溪三笑圖

姚承豊

一聲拍手萬山響，傳神直作非非想。三人顧影俯溪流，溪流倒瀉三千丈。其人疑佛更疑仙，東林社裏開白蓮。寺門静掩碧雲外，塵心盡斷前溪烟。歸來彭澤宰，還邀修静師。入室共説無上法，談元那計辭支離。彼此忘形忘朝夕，行行且吟情莫逆。回頭來徑白雲封，滿地蒼苔亂人迹。相與大笑認主賓，但覺溪聲滮滮如效嚬。畫手圖此有深意，寺僧近日饒勢利。俗子紛紛上客迎，闍黎鐘墮孤寒泪。安得形骸脱略似此衲，猿迎鶴導行互答，使我一笑口難合。

題宗少文卧游圖

金洪

君不見畫中之畫不勝求，畫出人在圖中游。又不見不游之游乃豪游，宇宙奇迹望中收。先生性有烟霞癖，半生閲歷倦行舟。偶然即景爲模範，雲山滿壁豁吟眸。欲使琴聲雜岩嘯，松泉一榻夢悠悠。我來披圖如步屧，恍與先生共唱酬。吁嗟乎人生天地一沙鷗，踪迹未遍歲如流。不如懸此于樓頭，高卧足詡羲皇儔。

題桃源避秦圖

韋偉人

濃染胭脂作香雨，紅雲一簇春無主。龐眉皓首古衣冠，樹下扶童聚三五。依稀指點告漁人，似言此是秦時土。秦時法令紛如麻，流民轉徙怨無家。祇有焚坑不到處，獨將征税遺桃花。桃花飛，桑葉沃，鷄犬閑閑蔭深竹。何論晉魏不知漢，世間歲月真轉燭。人言平地有神仙，那知即仕逃亡屋。我是堯舜民，生長太平處。暇日偶披圖，愛此幽閑趣。绿波渺渺東風摇，擬掉魚船問津去。

題少文卧游圖

韋偉人

少文本善畫，四面圖雲烟。醉卧千巖中，藉以消餘年。當其下筆走風雨，萬里都歸尺幅貯。落花流水悄無人，身在畫中成畫譜。平生原有濟勝具，踏破千山萬山路。歸來老作壁上觀，枕流尚是膏肓痼。後人轉羡烟霞傲，爲裂生綃重寫照。不知是幻還是真，祇覺風神酷相肖。破巨浪，乘長風，少年吐氣真如虹。壯志輸爾後人繼，一丘一壑聊從容。我家深住林泉裏，排闥青峰堆滿几。卧游之樂差勝君，寫山不用荆關紙。

題赤壁夢鶴圖

韋偉人

閑中喜聽客談鬼，夢中時復身遇仙。髯翁作賦等游戲，那得説嚮癡人前。何人設此非非想，毫端現出翩躚像。縞衣掠過羽衣來，是幻是真真惝怳。君不見華表當年丁令威，去家千歲今始歸。又不見城頭偶駐蘇仙駕，群兒多事彈何爲。玉局仙人墮儋耳，瘴癘南荒仍不死。金鷄遇赦返中原，城郭人民非與是。赤壁之游何徜徉，江山彈指幾經霜。若令斯圖得親見，悔不當日與之俱翺翔。吁嗟乎蘇學士，春夢婆，一生之夢何其多！寄語畫工再寫夢中夢，須畫高飛避網羅。

題天台遇仙圖

韋偉人

春風爛漫桃已花，丹崖翠嶂紛交加。雲爲衣兮風爲車，中有仙子顏芳華。劉郎阮郎雙髻丫，相將采藥凌幽遐。溪流粒粒舍丹沙，似聞犬聲吠喧嘩。引過溪橋芳徑斜，金床玉几明窗紗。爐中神丹茁黄芽，渴飲清泉餐胡麻。仙山樓閣何槎枒，隔斷紅塵歸路賒。長年金碧堆雲霞，當其著筆意不差。祇畫相逢耦曰嘉，不寫臨歧聲咨嗟。我已四載天之涯，欲覓仙源無靈楂。佳人未來碧雲遮，令儂題圖翻憶家。

題黄庭換鵝圖

韋偉人

會稽内史性好鵝，山陰道士性好書。兩情千載尚如見，賴有妙手工描摹。一人欲作籠鵝客，筆不停揮飽濡墨。一人袖手作旁觀，哆口如聞聲嘖嘖。憶昔《道德經》，傳自令尹喜。函關紫氣日日望青牛，孰若紅鵝之價高與黄庭比。我觀王右軍，古今書絶倫。如何不愛家鷄愛野鶩，翻令小兒慚愧黄庭人。久餐珍錯本無味，自來物以少爲貴。君不見有唐高僧最風雅，金錢買字抛盈把。集腋成裘更苦心，兹圖可惜無人寫。

題剡溪訪戴圖

王崇綬

一人挂帆一鼓柁，雪花亂向毫端墮。飛沙走石北風來，似聽催舟急于火。舟中有客何清臞，秋水爲神冰爲膚。不可無竹可無肉，嗜好本與常情殊。一夕忽念同心友，刺船直向剡溪走。不管寒威逼鶴裘，清談欲把柴門扣。王門耻與伶人比，弦徽碎把瑶琴捶。歸學袁安獨僵卧，足音倘至聞應喜。乘興而行興盡返，作圖者誰知亦懶。居然意到筆不到，畫出此君性蕭散。名場幾輩回頭想，漏盡鐘鳴猶攘攘。若展斯圖座右懸，熱中應化寒冰爽。記得曾呼一葉之扁舟，行將訪友還復留。彼已到門我未去，慚煞高風王子猷。

通明移家圖

張清品

世人争羡列華屋，托迹朱門稱貴族。朱門雖富染俗塵，不及山林饒清福。我憶華陽陶隱居，獨來山上構茅廬。烟霞足供半生趣，富貴等閑一夢虚。茅山勝境隔塵緣，國事咨詢無不前。遠引山中仍宰相，深居洞裏即神仙。閑來散步穿瑶草，三徑落花紅不掃。花笑東風春意深，草生清籟秋光老。獨坐芸窗日又曛，案旁古鼎篆香焚。養生秘術參丹竈，淡物高情卧白雲。故園别去將何之，卜宅厥惟東澗宜。笑人奮翼飛千里，樂我閑身栖一枝。出門底事更回首，流水空山何所有。奚奴慣識藥鼎携，弟子惟將書卷負。晚年樂事祇心領，仙佛完名身閉影。樓度笙歌悟境空，人歸秋水知神冷。千載幽踪不可尋，空懷勝迹起謳吟。君不見豪華轉眼浮雲去，隱者高風説到今。

沽上梅花詩社存稿……第十九集

沈青來銓忠佞圖序

高繼珩

蓋聞史成檮杌，本麟獍之俱書；鏡鑄軒轅，亦鴞鸞之畢照。非徒以别氣類，蓋將以示勸懲也。青來沈君，三長素擅，六法能精。小住京華，借來粉本，以少君之攝魄，爲道子之寫生。五日不勞，一摹逼肖，則歐文忠、包孝肅、文信國、楊忠愍諸公小像，而以嚴分宜附焉。

蓋嘗論之，廬陵繼韓愈而起衰，師尹洙之絶學。爲諫官則豸冠岳岳，辨論黨人；主文衡則犀照熒熒，别裁僞體。若夫内黄夜語，剖白精嚴，竭力求生，無愧崇公之訓；一言造命，竟回彦國之心。信能嘘作陽春培將元氣，奈何鑠金致毁介石全貞，遂令揖讓之文雄，獨享林泉之清福。

包待制績著三司，操嚴一硯，節如山峻，笑比河清。正門洞開，下情無壅，關節不到，法紀誰干？考遺迹于龍圖，實無慚于貂珥。厥後史、賈競進，宋祚將衰，彌遠托鷹犬于僉人，平章視蟋蟀爲急務。群小乾没，中原陸沈，惟仗文山維持正氣。迹其崎嶇嶺海，抗論皋亭，百折不回，九死何悔？以迄厓山盡瘁，柴市全歸，嗟龜鑒之已亡，洵龍頭之無忝。成仁取義，不偕玉帶俱生；剩水殘山，可惜金甌誰補？

天實爲之，謂之何哉？

有明中葉，仇、嚴秉軸。楊忠愍親拜二疏，連擊兩奸。朵殿批鱗，耻稽誅于鯨鰐；椒山有膽，不借助于蚺蛇。乃埋輪之志未伸，而覆巢之禍旋及，遂使滿城枷鎖，盡染香風；千古松筠，同標亮節。嗚呼烈矣！分宜以青詞進幸，較藍面尤奸，狐媚而固寵榮，鼠伺而移喜怒。逆了助虐，豪奴煽威，托鄢、趙爲爪牙，閉沈、楊之喉舌。柔同猫伏，毒逾偃月之堂；噬等狼貪，剪盡凌霜之幹。鑄九州之鐵，莫罄爰書；揚四海之波，難湔穢迹。卒之東樓伏法，冰山立消。剩墓側之殘生，亦尸居之餘氣。胡椒八百斛，都變官儲；珊樹一千株，盡歸籍没。游魂已餒，臭惡猶彰。後之覽者可以鑒矣！嗟乎、忠不止四君子，佞不止一分宜。慨浩劫之成塵，元黄多雜；撿殘棋之覆局，黑白攸分。當浮生入夢之時，每菀枯之互易；迨傀儡下場而後，已面目之難更。一世徒雄，而今安在？千秋不朽，雖死猶生。則此圖也，衮榮鉞辱，直標信史于麟經；媸骨妍皮，難遁真形于龍鏡。願藏者三縑什襲，莫爲寒具所污。冀觀者觸目警心，常切冰淵之惕。

歐陽文忠公像贊

梅成棟

夜半無人相告語，二千餘命刀下死。仁哉公以一言生，不料書生能若此。文星在天光熾熾，群龍囓之將墜地。公被污衊亦類是，青天白日心無累。公之自號曰醉翁，山水之間仰高風。文中寫照如畫工，我家宛陵以詩名。惟公乃能哀其窮，我今慕公有至情。淵源世誼相始終，圖在丹青將毋同。

包孝肅公像贊

梅成棟

何謂孝不辱親，何謂肅能正人？公之血性，忠君愛民。人謂公介，我謂公和。洞開正門，下問無呵。人畏公嚴，我愛公寬。嚴在宵小，寬在閭閻。公居三司，不名一錢。凡所奏罷，人咸賴焉。公知端州，不持一硯。牽牛蹊田，聞言弗辯。吁嗟乎關節不到，有閻羅包老。得罪于公，應無所禱。一寸丹誠，誰能寫照？我愛公心，非重公貌。不待河清，公應一笑。

文信國像贊

梅成棟

嗚呼！史稱公之美皙如玉兮，長目而秀眉；宜體貌之豐偉兮，神光奕奕、顧盼而生姿。胡爲慘澹而憔悴兮，睫承泪以下垂？得毋馳驅于嶺海兮，間關萬里、顛仆困頓而饑疲？公欲挽宋祚于既絶兮，不顧兵勢之孤危；志殲身以殉國兮，正氣凛凛于伏戸。雖天數之難挽兮，公之忠肝義膽實天經與地維。小子披圖而欲拜兮，迄今七百餘載猶不禁咨嗟而涕洟。

整理者按：『間關』原書『關間』，應爲抄録手誤。

楊忠愍公像贊

梅成棟

視鸞如鴟，視嵩如鼠，兩疏擊之，臣力如虎。佞賊不除，公心傷；當誅不誅，天留殃。公其披髮訴大荒，血漉漉，目閃閃，天可泣，君難感。如此批鱗真冒險，大臣不敢小臣敢。吁嗟椒山自有膽！

嚴分宜像贊

梅成棟

機深禍深，行陰性陰，爾何鸞鳳之貌而虺蜴其心？得毋爾之固寵者，即此修容飾面，冠香沉水而曳蘭蕙之襟？不然借青詞之窈窕，效紅袖之謳吟？爾既以柔媚要君兮，自應風鬟月鬢，繪作婦人。噫！婦人猶有仁兮，爾何忍心殺害無數之忠臣？

題忠佞圖

李雲楣

古人已往不可見，徒從故紙矜獨斷。一任曉曉訟不休，何如親識古人面。古來忠佞無時無，妙手偶然繪成圖。依希面目縱相肖，冥漠性情苦難摹。孰爲忠良孰邪僻，事業昭然光史册。小儒本無論古才，鉗口咋舌説不得。也曾摸索向暗中，祇道面目迥不同。披圖一笑爽然失，欲判邪正悵無從。吁嗟乎文忠經濟貫同朝，關節不到閻羅包。文山殉國椒山死，四公大節千秋昭。胡爲分宜濫相厠，忠佞無乃相溷淆。君不見夷甫美，盧杞惡，當年邪正均堪測。畷蔑言，林甫笑，當時忠佞誰能料。一様正笏與垂紳，鬚眉颯爽皆有神。四公儼然正氣存，分宜風姿亦超群。藻鑒安能辨僞真？吁嗟慎毋貌取人。

李雲楣

題忠佞圖

歐陽文忠

一代文章接史遷，醉翁亭上想當年。豈真不識王安石，自古才難未易全。

包孝肅

心如鐵石盡知名，不賦梅花效廣平。幾見閻羅開笑口，直須人壽俟河清。

文信國

贛州一旅獨勤王，到處悲歌動上蒼。縱使天心終莫挽，常留顏色照三光。

楊忠愍

馬市陳書劾逆鸞，能令奸相膽俱寒。生平未了忠魂補，凜凜鬚眉共仰觀。

嚴分宜

神清骨秀出天然，字法詞章盡可傳。何事汝心非汝面，九原應亦悔生前。

分咏忠佞圖

范圻

歐陽文忠

文章巨手竭精思，訓自萱幃畫荻時。有美堂高存治體，醉翁亭樂得民宜。抗言衛道心如石，婉語求生命若絲。爲愛稜稜好風骨，不徒笏搢與紳垂。

包孝肅

天産無私包孝肅，贊襄宋室著鴻名。冤沉黑獄當年洗，笑比黄河此日清。威竦閻羅心若鑒，到無關節志如衡。畫工别有傳神筆，鐵面春風習習生。

文信國

祇知報國不知天，天意難回志已堅。養士忍孤明主德，致君安望此身全。苦心莫續厓山祚，正氣空悲瘴海烟。孔孟無慚衣帶讚，一瞻遺像一潸然。

楊忠愍

小臣有膽進良箴，心迹堪從諫草尋。枷鎖生香真徹骨，妻孥苦節抱同心。埋輪未遂張佞志，致命同捐沈鍊身。昔向松筠庵下拜，披圖重使泪沾襟。

嚴分宜

貴藉青詞已可羞，况逢陷父有東樓。忍心誤國因誰致，切齒屠忠與世仇。溺愛遂成終世禍，私中漸起逆天謀。祇今粉墨留真面，應悔餘生墓側偷。

題忠佞圖

李耀琛

歐陽文忠公像

憶昔編金石，文章勝宦情。詞臣兼史筆，太守亦書生。桃李門原廣，江湖放不驚。蕭蕭風葉動，我怕讀秋聲。荻畫傳千古，危言釋兩宫。純臣歸大孝，元老抱孤忠。誰識天真樂，猶餘峭直風。至今遺像在，儒雅有誰同。

包孝肅像

凛然骨格尚如生，待制風規畫不成。當日故人難進謁，至今婦女盡知名。争傳鐵面無情甚，只有黄河比笑清。我欲閻羅活斯世，人間魑魅共心驚。

文信國像

吁嗟哉崖山之變忠臣休，秀夫士杰得其尤。後有死者謝枋得，從容難與文信侔。幼年負壯志，俎豆思與忠節儔。忠肝古誼萬言上，得人之報天亦優。法天不息亂當治，難止君王樂下流。君不見排當晏飲朝朝事，一夕笙歌費數州。又不見半間堂上賈似道，蟋蟀籠中賦莫愁。君臣憂患爲安樂，平章軍國空悠悠。一旦襄陽圍不解，請分四鎮文信謀。是何人哉爲迂闊，貽患德祐長寇讎。宋朝養士三百載，一朝有急誰與籌。羽檄征兵無一至，文信涕泣揮戈矛。揮戈矛，大勢休，社稷一霎成山丘。執之遠入崖山走，是時身命等蜉蝣。須臾可緩求有濟，嗚咽三年作楚囚。天命已去惟一死，取義成仁乃不羞。嗚呼！樂人之樂憂人憂！

楊忠愍像

簇簇楊兵部，忠貞百世傳。君王方厭政，宰執久持權。知以危言動，難逃妄論愆。一心明指日，首論密籌邊。馬市開何益，龍廷怒未蠲。嚴刑甘遠謫，小吏辱微員。僨事鸞新敗，嘉謀盛在先。是非明一旦，秩序喜三遷。聖主加恩日，孤臣效死年。當朝嵩誤國，積歲惡彌天。愷切千言人，開陳十罪全。奸雄應膽落，牙爪亦心懸。劣迹皆新矣，明聽肯舍旃。未曾千歲後，誤説二王賢。猜忌成冤獄，功名委逝川。網羅縻鐵骨，憤激上華巔。枷鎖香常滿，妻孥夢不圓。至情猶耿耿，遺訓倍拳拳。不信闺房勸，拼將性命捐。丹心終古照，浩氣太虛連。前代褒封久，今時廟祀虔。披圖欽節烈，題罷泪潸然。

嚴分宜像

宦途本戲場，奸雄終不悟。快心即殺身，豪華亦不顧。我思嚴相國，終身徒自誤。聲名臭不聞，寵利趨如鶩。教子習貪殘，俾君報沉痼。雖有妻歐陽，既死失調護。五倫大者非，榮華終不固。榮華賞善人，豈容積衆惡。私蔭借邊功，升遷皆賄賂。銓法任我心，票擬非聖諭。台諫皆及門，廠衛悉自附。密結近御臣，巧察君喜怒。鷹犬爲爪牙，金銀甲天庫。大獄陷直臣，遏絶諫言路。十惡與五奸，一一可旁注。鈐山十二年，亦自守寒素。勇退在急流，豈不知覺寤。可知弄權臣，惡迹防敗露。一入難抽身，作惡遂如鑄。何不留有餘，早自爲地步。展卷見鬚眉，美秀仍如故。如此好頭顱，胡爲自顛仆。巍巍宰相家，蕭蕭古道墓。大夢一黄粱，我爲顯宦懼。

整理者按：『如鑄』原書『如鶩』據抄録者注云：『鶩韵重出，擬改鑄字。』

短歌行題忠佞圖

王崇綬

君不見宋代仙游蔡君謨，奮筆慷慨留詩歌。至今四賢一不肖，其人雖死名難磨。後世丹青亦猶此，秘府收藏圖一紙。沈君摹取忠佞容，點染鬚眉如不死。胡爲誰爲忠？六一包老文山公，後有椒山繼起風。誰爲佞？鈐山堂裏留名姓。胡爲賢奸共一圖，麟鳳叢中集破鏡？我今披圖費沉吟，不敢臆斷鍮與金。但即妍媸評善惡，安知其面非其心。君不見元齡曾名細眼奴，盧杞人呼籃面鬼。魏征帝號羊鼻公，六郎似比蓮花美。自古忠奸不在貌，分宜面目何清妙。願君察取靈臺中，一點丹心難寫照。

題忠佞圖

閻履方

我不識古人，古人之面不可識，而可識者在其心。心地懸秦鏡，爲鸞爲鳳爲梟獍。肺腸各自繪真形，靈臺更比丹青勝。濡毫誰復解傳神，此心那可筆巔罄。石田法嗣工寫真，不畫生人畫死人。其人雖死未嘗死，五人風采皆如新。此五人者我不識，云是宋明以來之朝紳。歐陽文忠包孝肅，椒山含笑文山哭。惟有分宜附此中，若天之生是使獨。忠臣似奸奸似忠，信乎如其面也、人心之不同。以貌取人，毋乃非公？嗚呼忠奸之迹不勝窮，忠奸之心不可以皴烘。先生何不繪全史，若者小人若者君子。即何不繪太空，生忠復生佞，是何化工？我對此圖欲髮指，圖中固有諸君子。我欲向此拜下風，無如中有老賊嵩。欽崇踐踏兩俱礙，不如昆岡一炬付祝融。洗我寸丹還自照，毋令邪蒿雜植芳蘭中。

沽上梅花詩社存稿 ···· 第二十集

余以輪署期近將赴省垣丙申春二月十五日梅社諸同人設餞于沈雲巢太守之寓園即席賦長句二首留别

天津梅成棟樹君

杏靨初紅柳展顰，如開生面一番新。平分春色聯吟侣，重整名園賴主人。地爲張氏故宅，太守奉諱來津寓居于此。喜有壺觴攙墨味，不勞歌管落梁塵。暫時雅聚留圖畫，笑證枌榆未了因。同社辛山人牧春爲余寫别送小照。

荻笋芹芽取次嘗，春風亦爲酒人忙。瀕行贈語憐知己，投老圖官戀故鄉。愧説英雄争末路，自傷憔悴入名場。眼前又是瓊林會，拭目諸公貢玉堂。時同社友應春闈者，凡八人，爲徐楊小梅、元象文、徐浣雲、姚玉農、金杏林、高寄泉、李采仙、解小亭同年。

道光乙未殘冬奉觀察王執軒先生之命董辦賑米事務轉歲丙申之春賑事將竣漫成六絶句留題白衣寺壁兼示同社諸友

梅成棟

不信梅花有熱腸，哀鴻十萬費平章。那知耗盡閑心血，惹得旁人罵一場。是歲六賑既完，共折大口男婦二十九萬餘人，領去米一萬一千八百餘石。心力交瘁，時有匿名揭帖罵余之多事救人者。

謗言何辱頌何榮，五夜捫心貴得平。冷眼觀人惟大士，蓮臺不語自分明。

嚴風透骨四更天，獨起焚香跪佛前。虔祝勿傷人一命，暗中稽首已三千。每逢開廠之日，男婦數萬，勢如山頹。倏忽之間，人可立斃。余每日四更焚香，拜求諸佛庇佑。訖終賑，幸未傷一命，損一人。

侵曉開門未忍觀，鶉衣鵠面冒霜寒。無端暗落關心泪，直當親生兒女看。領賑男婦率皆襤縷，鳩形鵠面，憔悴無人色。每惻然爲之下泪。

細品瓶花洗硯池，年年度歲賦新詩。今年那有清閑樂，穀殼糠灰滿面皮。兩月以來，曉夜倥偬，刻無寧晷，蟣虱滿身，糠灰覆面，久亦自忘其苦。

了此枌榆一段因，壬辰救荒，余主賑米，與李觀察意同，而同事之人主定賑粥，以致經費糜用兩萬餘金。今歲方用三千餘金，而實惠及民。人多力薄苦難均。今歲捐項甚屬掣肘，訖終事，未足三萬金。故鄉舉乎從今別，功過他年論定真。

樹君先生將赴省垣花朝集梅社諸同人餞于寓園次留別韵

天津沈兆澐雲巢

小山亦似翠眉顰，桃李春風著色新。一畝名園如傳舍，園屢易主。百花生日集詩人。良朋久話真忘迹，好句無心總出塵。披讀瀛洲舊圖畫，諸公即此悟前因。披唐六如十八學士圖，社中多應春闈者。

游況年來已飽嘗，又逢送別馬蹄忙。客中歲月催雙鬢，詩裏名山助异鄉。鴻雁關心勞集澤，雲烟過眼笑逢場。津郡捐賑數十萬，生靈賴以全活。樹君任勞任怨，數月以來形爲消瘦。應知安定傳經濟，不獨文章重講堂。

送樹君先生公旌即步留別元韵

寶坻高繼珩寄泉

聽到驪歌我欲顰，十年交誼尚如新。硯廬舊雨無多士，念堂歸老，竹泉作古人，石生之官，秋生之旅食，今先生又赴新任，采仙及珩留津。梅社停雲剩幾人。吟社舊雨大半星散。又送先生臨福地，劇憐小子溷風塵。騷壇大雅誰提唱，争怪擎杯念夙因。

世味酸辛已備嘗，一腔熱血濟人忙。民生未解懷陰德，公去何人念故鄉。杏塢離筵新祖道，蓿盤清韵小登場。他年擬結維摩伴，同坐蒲團古佛堂。

樹君先生輪署外翰有日梅花社友公餞于沈雲巢太守寓園即步留別原韵

滄州李耀琛寶溪

別色時縈緑柳韝，離觴怕薦綺筵新。兩年初許陪吟社，六載遲教見异人。余到津六年，前歲入社，始識先生。太學仁看宣雨化，閑曹轉喜邁風塵。菩提早種心頭樹，苜蓿堆盤證净因。

績學窮年境遍嘗，勞勞終是爲人忙。搜詩集已編同郡，先生刻《津門詩鈔》，先祖味莊公《平遠山房詩集》亦蒙搜輯編入。請粟仁兼惠一鄉。先生兩次襄辦賑務，頗有仁聲。自喜聲名先入手，何妨游戲亦登場。贈行惟少生花管，慚上風流太守堂。

先生去冬奉觀察命襄辦賑務兩月間心力俱瘁妄受謗言作詩志感出示梅花社爰作長歌以慰

李耀琛

生齒大繁生計絀，偶遇偏灾民蹙額。補偏彌憾賴仁人，富者樂輸貧者活。君不見樓臺歌管日萬錢，鶉衣蓬首不知憐。珍羞適口綺羅叢，還將饑歲作豐年。更有中人之産日患貧，但知罪歲不罪人。饑寒厭見復厭聞，那知貧者一飽如逢春。去年津郡歲告荒，國家度支本有常。非大水旱無例賑，樂助捐施仗一鄉。梅君敬奉觀察命，百計經營力不遑。下爲嗷嗷謀口食，上籌粟米還官倉。要分有餘補不足，殷勤說嚮富家郎。往年況有舊章在，何必不復爲發棠。愛民不憚勞心力，因此旦暮無休息。嚴寒一過民氣蘇，生靈數萬出溝洫。此舉造福實無窮，胡爲乎嘖嘖人言太相逼？群言謗者負君心，我道謗者揚君德。君不見孰繼以孰歌，又不見麛裘之謗來不測。君無其柄有其心，人不能知天自得。怨勞不避聖賢心，何必他年判黑白。君將司鐸別故鄉，職在閑曹志禹稷。常此一點菩提心，登彼萬民安樂域。

和梅樹君吟丈留別元韵

大興范圻心農

不作東施亦效顰，祇拼舊雨勝于新。既參佛果知來事，詎薄仙才愛故人。酒國詩名羈馬灶，文垣書詔動車塵。五陵同學曾誰賤，晚節風流悟妙因。

眼底辛酸已備嘗，婆娑心迹爲誰忙。將來化雨培新士，過去浮雲憶故鄉。恨我青衫迷宦路，羨君白首別詩場。梅花清健蓮花潔，歡喜根塵共一堂。

丙申花朝日同人宴集樹君夫子將之署任賦詩志別謹步元韵

天津李雲榍采仙

滿目哀鴻莫展顰，拯栽妙術又翻新。莠言何惜生群小，粒食多應活萬人。屈指嗷嗷勞計畫，關心日日走風塵。書生畢竟非無用，獨對東風種夙因。

黄卷青燈苦備嘗，年來多爲著書忙。清詞久已傳千古，白髮何容老一鄉。自是文章能化俗，共欣矍鑠快登場。説經合頌楊夫子，會看三鱣躍講堂。

和樹君夫子留別原韵

李士瑩

如此春光笑莫顰，先生心緒獨清新。少年場可偕吾輩，高雅名終付此人。詩酒定能詩意氣，文章何必悔風塵。眼前又是孤舟別，愁説三生石上因。

別離滋味我深嘗，古錦奚囊覺自忙。詩稿已傳推老輩，春光如許去他鄉。衹今且聚梅花社，此後誰扶翰墨場。小集名園須盡醉，風流笑語滿華堂。

和樹君夫子留別原韻

天津姚承豐玉農

穠李夭桃漫效顰，寒梅獨鬥晚香新。絳帷十載能容我，白業千秋豈讓人。宦迹冷餘鷄肋味，離懷棖觸馬頭塵。壺觴豫餞春風裏，各向花天證夙因。

細掬堆盤苜蓿嘗，東風楊柳笑人忙。關心舊雨招吟侶，覆手慈雲爲故鄉。夫子客臘裏理米賑，全活甚衆。春在園林欣得主，謂巢雲太守任非民社易登場。程門异日栽培地，願祝三鱣瑞集堂。

樹君夫子署任廣文梅社同人公餞留詩志別謹步元韻

姚學英

豈爲浮雲强效顰，宦游閲歷又增新。力持風雅曾追昔，心養天和庇善人。四境哀鴻勞軫念，一身鶴健逐閑塵。丁沽絳賬談經久，群弟從階感夙因。

苜蓿盤飧味薄嘗，春風作客馬蹄忙。柳筵酒餞鶯花節，梅社詩懷水月鄉。司鐸才兼名吏政，卜官樂是老年場。他邦從此人文起，大雅扶衰泗上堂。

樹君夫子將赴署任漢亦將之南河花朝日梅社同人公餞于沈雲巢太守之寓園從侍末座賦此呈教

天津金漢杏林

記得摳衣□□時，追隨杖履未嘗離。十年化雨懷親炙，一片慈雲忽遠移。我去偏逢師去日，臨行翻上送行詩。江南江北思無那，回首春風在路岐。

年華莫嘆鬢生霜，吾謂先生志已償。舊宅定添桃李樹，新詩應帶藻芹香。仁心育物春方永，師道爲官冷不妨。願與梅花同社侶，齊將杯酒祝康强。

整理者按：『記得摳衣□□時』句，原文爲『記得摳衣時』，抄録過程中脱兩字。據詩律，應爲第五、第六字。

和樹君夫子留別元韵

天津閻履方坦齋

才爲哀鴻一展顰，賑事初竣，全活無算。又縈別恨柳條新。枌榆誰解福桑梓，□□何堪失此□。創立輔仁書院，培植後學多人。全盡交游全骨肉，半勞筆札半風塵。無窮心力消磨盡，濁世難通過去因。歷盡艱難，迄未獲報，夫子嘗自謂夙因。

投老方將宦味嘗，半生空爲著詩忙。壯心已退仍憂國，晚景無多怕去鄉。且嘉鶯花春日酒，暫陪裙屐少年場。臨岐多少孤寒泪，忍看先生别講堂。

整理者按：『□□何堪失此□』句原文爲『何堪失此』，抄録過程脱三字，據詩律，應爲第一、二、七字。

送樹君夫子公旌謹步留元韵

天津王崇綬紫若

柳爲離筵綰翠顰，驪駒歌出幾聲新。春風芳草催移檄，明月梅花憶老人。夢繞家山憐白社，静參佛果度紅塵。夫子晚耽禪悦。坐中悵觸偏予劇，三世論交證夙因。夫子與家君弱冠以前同盟，四十餘年，白首如新。

道味濃兼□味嘗，婆心一片爲人忙。夫子主持賬務活人無算，不辭勞瘁。林泉歸老期他日，風雨懷人在异鄉。心仰高山聊寫照，綬浼辛收春繪《梅社贈行圖》夫子玉照。名鎸仕版好登場。從今立盡程門雪，一瓣心香奉講堂。

整理者按：『道味濃兼□味嘗』句原文脱一字。

梅社宴集詩引

天津解道顯小亭

花辰掃徑，延賓開仲舉之軒；梅社張筵，送遠續文通之賦。入芝蘭之室，主人則軒冕烟霞；宴桃李之園，坐客盡雕龍綉虎。僕緣老友瀕行，猥偕群賢畢至。雅愧東籬，可許銜杯入社；瞻同北鄙，居然鼓瑟升堂。歌唱陽關，三叠未免。有情禊修，永和九年，則吾豈敢。謹以社題之有涉樹君者勉成數詩爲同志先，餘則地上老驥，難追雲中俊鶻矣。幸諸君諒之，時丙申仲春既望也。

書同年梅樹君賑事告竣六絶句詩後

解道顯

樹君成六絶，語我賑初畢。讀竟有所思，一事爲君述。憶昨出北門，右旋路東折。忽聞聲喧闐，闃然門同室。婦向姑誶語，子向母氏心如一。不念母氏勞，反指母氏失。噫嘻鞠育恩，詎止入與出。奈何索瑕疵，反唇肆狂訾。履戴高厚，往往褻越。慈母尚如斯，君毋鬱鬱。吁嗟乎生死而肉骨，十萬生靈活。行吾心之安，人言何足恤。君不見子産能爲衆人母，蠆尾之歌比蛇蝎！

樹君輪署期近將之廣文任擬成五律奉贈

解道顯

老去難爲別，相看各黯然。琴樽留此夕，風月憶他年。梅社菊松冷，芹宮桃李妍。抗顔師道重，莫賦簡公篇。

一柄兩操者，難言膠漆投。芝蘭欣共室，胡越或同舟。出匣鋒宜斂，如琴轡欲柔。不夷亦不惠，涉世問莊周。

即日又成七截二章

解道顯

勸君爲我飲屠蘇，知我今朝恨也無。此後出門成悵悵，不知何處著狂奴。

行將投袂走風塵，也作東西南北人。何日共君還故里，烟波隊裏整綸綸。

莊光私印歌爲高寄泉孝廉作

天津梅成棟樹君

少微星寒照沽水，羊裘擬過津門市。寄泉于天津市上得此印。東漢去今二千年，四角青銅尚完美。想見先生卓犖姿，布衣抗節見天子。朱紅篆畫斬然新，其人雖遠名未死。高君雅是嗜古者，文字因緣良可喜。在昔雲臺諸將相，黄金鑄印懸累累。銷沉埋没幾家存，鐵券丹書安足恃？真人白水今何在，井波冷浸傳國璽。此印摩挲苔花鮮，鈐遍雲藍十萬紙。我本仙吏舊裔孫，兩姓交親征古史。今朝入手備留連，吴市燕山幾千里。梅里應多故物傳，至今猶在人間否？

莊光私印歌爲高寄泉作

天津沈兆澐雲巢

先生本是逃名客，五月披裘釣大澤。誰知名逃姓亦逃，避諱儼同籍易席。籍環避項羽名，改作席。故人文叔心相知，纍纍肘後徒强遺。報章口授不能書，安用區區雕鐫爲。高君搜奇酷嗜古，竟獲銅章補印譜。沉埋久似豐年劍，夜半客星奇光吐。携來摩挲真奇珍，彷佛物色桐江濱。絶勝玉螭缺一角，千秋完好付詩人。

咸豐甲寅閏七月十六七日八月初四日至初十日第二十集津門晴岩張恩紹録

山西趙城令楊公殉難事略

梅成棟

道光十五年乙未三月初五日，山西趙城縣民變，戕官、劫獄、掠庫。首逆曹順，逃至山東，擒獲正法。事平，初不知其詳也。是年九月，『小門生』汪君志賢，自山西歸，道其事甚悉。汪從及門李靜亭明府署沁水縣事，沁水去趙城二百里，聲息相通。余得而志楊公之烈焉。

曹順者，趙城耿峪村人也，年三十餘，側頸重髮，心多機詐。師李福林習邪法，以燒香治病惑人，人争信之。有張文彬、李吉星兒、韓建奇等數十人，奉爲教主。耿峪與跑蹄、東壁三村接壤，居民千餘家，從其教者半。有文童苗贇廷者，乳名三娃，借占卜爲之謀主，定于本年三月初十日乘堯廟賽會起事，宵聚明散，演習邪教。本村知其謀，憚其勢衆，不敢鳴官。邑宰楊公延亮，字菊泉，湖南長沙人。嘉慶癸酉解元，庚辰進士，以知縣即用，分發山西，補趙城。居官清正，深得士心。蒞任十年，興利除弊，去暴安良，以卓异推升雲南昆明州知州，未行。其爲政也，寬以培士，而威以御下。治匪徒，法尤嚴。署之胥役，不得横恣，深銜之。不逞之徒，尤切齒焉。有僧道洪者，刁惡健訟，公屢加懲責，恨尤刺骨，遂投身曹順，謀爲内應。時三村民心洶懼，頗泄其謀。楊公聞之，命役郭金相、狄思亮、郭二魁等先後偵訪，不知三人乃賊之耳目也。見曹順，勸之速反，而以無事歸報。曹順迫不及待，三月五日聚黨三百餘人，持械赴城。距城五里有驛曰窑兒上，郵廨在焉。閻朝花者，驛卒之首，與逆謀。是日三更，賊衆至驛，飽餐，騎馬抵城。僧道洪開門應之，登縣堂作嗚冤狀。楊公知變作，朝服出堂皇。據案慷慨，曉以大義曰：『汝等無知，苟殺我，豈能逃法網耶？及早解散，尚可圖活。』爲首數人似有退意，僧道洪大呼曰：『此言詐也，將擒我矣。今不先之，後悔何及！』露刃而前，公大駡。逆賊韓奇先發，衆刃交下，慘加肢解。闔門九人，同時遇害。幕客僕人，均及于難。賊縱火焚署燬尸，破獄放囚。既曉，賊分其黨攻霍州、洪洞。二邑戒嚴，轟以巨炮，賊潰。越三日，官軍四集，捕獲賊黨二百餘人，惟曹順逸焉。撫軍申奏，皇上哀悼，恩加優恤，照滑縣知縣强公克捷殉難例，建祠崇祀，全家配享。曹順逃至山東觀城縣，與韓奇、李吉星兒宿古寺中。觀城宰陳公光緒擒獲，解往趙城正法。梟示之日，撫軍鄂公順安率閤屬文武官弁，摘曹順、韓奇、韓建、李吉星兒、僧道洪之心祭于靈筵，行三叩禮，伏地大慟。時軍民觀者數千人，同聲一哭。苟非生而清正，死而忠烈，豈易得此！嗚呼，楊公爲不死矣！

汪君志賢曰：楊公一門風雅，太夫人有《綉餘吟草》。公四子，伯仲兩公子俱能文。公之長女，年已及笄，深嫻翰墨。公立書院，加意憐才，衡文甚細。雖簿書旁午，手不停披。撫軍撿縣署，見齋壁黏楊公手録一詩云：『我本不欲生，忽然生于世。我本不欲死，無端死期至。忽死與忽生，其理本無二。轉恨天地間，多此一番事。』先知乎？預讖乎？又聞太夫人于是年元旦夢朱衣紗帽者自天而下，以硃封封其宅門。當時以爲升擢之慶，而不意有此難也。

吟齋氏曰：自淺見者觀之，以爲奇禍。第思同一人也，生同細草，死等輕塵，泯漠無聞者多矣。何如此臨大節而不撓，名垂青史、俎豆千秋者之爲得哉？故吾不謂之禍而反謂之福云。

陳公光緒，原名詩，字石生，山陰人。壬辰進士，梅花詩社舊友也。惟詩人能爲詩人報仇，豈非天乎？豈非天乎？

祭趙城令楊菊泉明府文

梅成棟

維道光歲次乙未越十月乙丑，沽上梅社同人謹以椒芳桂醑，遥祭于趙城明府楊公菊泉之靈曰：

嗚呼楊侯！生爲慧業文人，歿爲正直明神。精爽有知，其來此梅花社裏聽我輩之具陳。公之志爲循吏兮，佐皇朝而敷治。無端來凋瘵之鄉，而蒞此梟離之地。善扶苗而抑莠兮，兼燭魑而逐魅。何不虞此小鼠之跳梁兮，遽閽門之罹殃！得毋自疏其法網兮，昧蜂蠆之可化豺狼。惟我輩知其不然兮，雖欲剪孽而乏其權。禍無形而激變兮，將議公之擅專。舉一事而有多方之鉗制兮，怵輕發與妄繫。苟捕捉之無踪兮，將徒遭其反噬。嗚呼楊侯！自古殉烈之臣，莫不忠肝而義膽。雖志決身殲，誰似君家之風凄而雲慘？母鬖鬖而雪垂兮，妻婉婉而鏡掩。倐萱折而蘭摧兮，血迸濺乎蕙幃；女嬌啼而走避兮，兒吞聲而牽衣。紛毒刃其交揮兮，頓珠殘而玉碎。騰烈于璇闈兮，葬瑶環與翠珥。嗚呼楊侯！能不避一身以殉難兮，曷骨肉之偕歸塗炭？漉頸血之淋漓兮，慟一門之焦爛。能勿披髮而訴無辜兮，排天閶而大呼。尸既伏而眥猶裂兮，齒已碎而張其鬚。嗚呼楊侯！命耶？數耶？杳神魂之飄蕩兮，迴顧長沙。入椿庭之魂夢兮，湛血泪之如麻。見松菊之零落兮，故園幾無以爲家。吁嗟噫嘻！此特言乎恒情，而非論乎天道。臣義篤乎忠貞，心何恤乎肝腦。舉族既可以生天，凶折何殊乎壽考。況無大仇之不報兮，無妖氛之不掃；曾日月之幾何兮，迅雷霆之天討。嗚呼楊侯！胡不歸兮，駐此趙城？嚮陰霾而慘澹兮，今走燐而飛螢。列馨香右之俎豆兮，矗廟貌之峥嵘；焕天章以彪炳兮，表忠烈之光明。公其左携鸞女兮，挽麟兒。輩母兮雲軿與霧轂，公跨兮赤豹與元螭。夫人曳兮風裳月佩，僕婢導兮鳳旆虹旗。撥烟霄而下視兮，見鯨鯢無數，築京觀之纍纍。列鴞心與獍首兮，封狐之髑髏，揭長竿而倒垂。可破涕而爲笑兮，丈夫洵無負此鬚眉。感聖天子之優恤兮，誓甘死而如飴。況有梅社之吟朋與嘯侶兮，爲公慷慨共濡墨而臨池。言不文而可行遠兮，公其鑒此蕪詞。賦短篇以遥慰兮，用補公絶命之詩。嗚呼尚饗！

趙城知縣楊公殉難征詩啓

高繼珩

蓋聞殺身成仁，臨大節而不奪；舍生取義，置亡地而勿存。斷嚴將軍之頭，凛凛生氣；化萇大夫之血，悠悠蒼天。敢述新聞，續入遠、巡之傳；用祈大筆，共摛燕、許之詞。楊菊泉明府延亮者，四世清德，三楚名家，獨秉元燈，早登甲榜，以知縣分發山西，補趙城令。魚每懸庭，蝗不入境，好賢若渴，嫉惡如讎。采蘭數叢，清泉灌之；拔薙一本，利鋤殲之。以故正士傾心，僉人切齒。邑之耿峪村有曹順者，虺毒殷天，豺牙成性。師尊張角，守米賊之源淵；黨聚黄巾，托金仙之詭秘。納帛書于魚腹，群誇應籙而生；幻篝火以狐鳴，妄冀揭竿而起。妖僧道洪，生成險健，性極狡邪，曾膺扶臂之懲，思作鞭尸之報。甘爲虎翼，遂縱狼心；自命神師，重招鬼卒。慫以刻期舉事，助之緇紡先登。衆情洶洶，人言藉藉。明府密僉爪士，體訪真情，冀奏膚公，克擒巨猾。詎料黨惡之奏諜，竟成漏師之豎貂！以致郵亭供張，轉齎盜糧；古驛纖離，翻成賊騎。時也黑雲墮地，鼓聲死而不揚；雪刃如麻，賊焰張而愈熾。清拂魋之僞訟，禍起抽戈；鱄設諸之逞威，變生置劍。明府身衣命服，手捧官符，出坐堂皇，喻以大義，謂『我拼一死，久忘生戴吾頭；汝犯三章，何術更延乃命？早革心于害馬，尚邀赦于金鷄；儻授首之難逃，悔噬臍而何及？』群凶已有退志，賊髡獨唱逆謀，露刃而前，排墻以進，遂使温序銜鬚，去作稱雄之鬼；常山噀血，死餘駡賊之聲。聚來九個貞魂，闔門殉難；赢得一家毅魄，拔宅齊升。以及幕中之賓、厨下之嫗，周將軍之義僕、蕭穎士之才奴，血化千燐，盡染沙場白草；魂歸一炬，都成烈焰青蓮。嗚呼，慘矣！

或謂明府機事不密，大難親攖，未免迂致焚身，計疏揖盜。不知吹笳越石猶散羌心，免胄諸梁尚收人望。公之縱談而慷慨，亦冀定難于從容。果使昌黎收廷凑之軍，子儀受吐蕃之拜，豈不片言弭亂、一城獲安？不幸而身與邑亡，命偕印殉。片土作王羆之家，斷魂化謝豹之音，亦自盡其職分而已。卒之終軍雖隕，竟函南越之頭；來歙已亡，旋奪公孫之魄。賊于次日分犯鄰邑。大軍雲集，聚而殲旃。小醜跳梁，莫漏彌天之網；飛螢熠燿，詎禁捧海之澆。從賊盡戮，鴟張戎首，安能免脱？虹貫行抵觀城，爲陳石生明府光緒擒獲，解往伏法。魚游沸鼎，難蘇鐺釜之游魂；重霄，少慰河山之壯節。事聞，天子震悼，賜之恤典，命建專祠。春秋報以馨香，俎豆酬其忠義。凡與斯難，咸祔祀焉。致祭之日，主祀鄂中丞縱聲一哭，和者萬人。慟此長城頽成瓦礫，灑將泪雨齊化璚瑰。

嗚呼！馬革殘尸，伏波不辜素志；犀軒直蓋，無還疊沐恩榮。雖榛蕪莽莽，莫歸先軫之元；而栗主森森，若動杲卿之髮。一時致命，千載如生！人咸悲之，公何憾已！聞是年元旦，公太夫人夢緋袍神以硃封封其宅門。豈夢裏朱衣，預識沙蟲之劫？意天庭丹詔，先爲笙鶴之迎。又聞公有《誓死》一詩揭于齋壁，想張悌不去軍中，已成定數；抑郭璞自知死日，難望考終。天乎？人乎？不可知矣。珩欽遲亮節，借礪冰心，敢庋略之粗陳，乞瓊章之叠錫。嗟乎復仇獲醜，尚勞梅社之詩人；陳石生原名詩，梅花詩社舊吟侶也。吊古揚芬，用待藝林之飛將。

過趙城傷楊菊泉明府

慶雲崔旭念堂

中夜無端噩夢驚，全家魂魄慘刀兵。長官慎密防奸早，左道披猖速禍成。駢首藁街骨猶臭，旌忠祠屋氣如生。鄰封猶記詩筒到，滿目悲凉過趙城。

趙城行

徐楊緒

天地之大不能無莠生，林谷之廣不能無鴞鳴。吁嗟楊公，生全忠烈，死爲神明，千秋萬古垂英聲。母死義，妻死節，子死孝，一門賓僕飲刃無難色。事在道光十有五年春三月，天兵迅掃妖氛靖。煌煌祀典崇三晉，沅中之芷湘中蘭。俎豆千秋誰許并？君不見西韓强大令。

趙城令楊公闔門殉難詩以紀之

李雲楣

淒絶郇瑕地，楊公久繫匏。和平懷令紹，節義漢臣苞。子惠兼鷇卵，辛勤洽與胞。養親花作縣，潔已麥充庖。美錦曾學製，羔裘詎見嘲。吏應消桀傲，民用謹愔恔。

清白家仍舊，忠貞報竟淆。誰知生齒衆，頓使禍心包。邪易滋餘蘖，澄難藉寸膠。前身稱正果，左道惑編茅。烏合非毫拔，鴟張笑頸凹。何嘗謀利害，徒見自炰烋。嗟彼神明宰，翻成水澤爻。目瞠嗔賊退，臍噬恨僧教。遂踐朱衣懺，相看白刃交。萱闈驚共萎，蓮幕亦同抄。孑孑悲男女，紛紛肆擊掊。凶如狼入室，慘比鳥焚巢。毒小原蜂蠆，傷多類虎蛟。衆纔無一旅，地欲奪三郊。指日兵全集，從風醜盡剿。潰圍思免脱，越境被鶯捎。敢曰忠魂慰，堪將逆虜炮。報功崇廟貌，記德著旗旓。痛哭聯文武，馨香列酒肴。頹墻留剩稿，妙句悟浮泡。大節光天壤，微才愧斗筲。聞名人盡憤，載筆泪先拋。祀已千秋重，詩嫌五字剿。高明欣共質，剪燭待推敲。

咏趙城令楊公死節事

李士瑩

荆棘生郊原，指點趙城路。路上有傳言，楊公死節處。當其未死時，官卑一匏繫。自謂宰此土，會宜靖君事。豈惟靖君事，亦且安民情。民情何以安，鋤莠法毋輕。芟夷蘊崇之，奸宄任其罪。罪重禍心生，邪祟逞妖魅。稱干而比戈，禍竟生蕭墻。嗟彼神明宰，閤門受其殃。其殃亦云何，攘攘同鼠竊。譬彼火燎原，一撲旋即滅。火滅不復燃，公死不復生。可憐風雅客，徒留死節名。死節固所難，風雅亦不易。嗚呼天地間，多此一番事。死節固所難，徒留死節名。可憐風雅客，公死不復生。火滅不復燃，滅。

趙城令楊公延亮一門殉節詩

李庭萱玉生

入城無端官舍夜眠驚，一家殉難卞忠貞。十載留官習鑿齒，小醜渾如大厦傾。先機預讖總難明。天地無心何足恨，變作原倉卒，題壁詩曾説死生。忠貞全家皆没姓名存，只今白社與招魂。先日朱衣曾入夢，俎豆年年廟貌尊。居民長使拭啼痕。遥憶羅雲山畔路，直可昭千古，風雅空憐聚一門。

趙城行

姚承豐

乃以跳梁夜半驚呼衙鼓裂，妖氛倉卒飛凶孽。可惜十年愛民育士循吏心徒切，小醜謀奸譎，遂令風雅一門同時歌命絶。豈無常山舌，説賊賊口結。怪蛇毒蜮含污巇，交刃投戈來飄瞥。想見鬚眉肝膽錚錚鐵，臣心不死臣力竭。朝廷褒公苾芬而酒洌，士庶談公神傷而氣噎。吁嗟乎保身誰不矜明哲，不可奪者臨大節。成仁取義須臾決，變之大小何分別。又況天地間，無物無澌滅。所不滅者，惟有忠臣孝子賢母節婦貞女義士心頭一點血。君不見楊趙城，闔門殉難何其烈！

山西趙城令楊公殉難歌

元烺

噫嘻哉，死難難！死難之難，難于從容盡節無愧乎其居官。進士楊公字菊泉，趙城出宰已十年。養民育士皆循法，清廉正直衆曰賢。無端曹逆起三村，更有凶僧夜啓門。倉猝之間防不得，蜂攢蟻涌猰狗奔。公乃升堂伸大義，賊首似有退兵意。道洪大呼竟先登，衆刃交下逞凶肆。頃刻一門齊殞身，可憐殃及太夫人。綉餘吟草亦遭劫，始悟朱衣幻夢真。幺魔小醜逃焉走，觀城古寺自投首。擒賊縣令陳石生，昔日梅花社中友。摘心漉酒祭公靈，軍民慟哭不可聽。日月爲之慘澹，風雨爲之晦冥。噫嘻哉，睢陽齒，常山舌，令人爲之心膽裂；司農頭，通判血，令人聞之肝腸絶。從來烈士不貪生，試看古今同一轍。君不見山左李公名裕昌，骨黑心赤憫忠良。又不見河南强公名克捷，城陷身捐標史牒。如公遇害尤酸感，四子無遺已太慘。及讀壁間絶命詩，死生一理何恬憺。噫嘻哉，人皆爲公哭，天應爲公喜。喜公從容就義殺身以成仁，萬古忠魂永不死。

讀楊公殉難事略

焦祐澐

生可與日月争光，死不與山河共朽。爾來四千數百年，傳之史册十八九。慷慨激烈不忍觀，從容就義良獨難。况復一門稱風雅，古今誰似楊公者。雷封百里宰平陽，遥天一旦生欃槍。變起倉卒不及覺，雖有智者難爲防。北門管鑰中宵起，烽火猝集孤城裹。内無備兮外無援，致命遂志而已矣。覆巢之下難圖全，蘭摧玉折實可憐。報施善人道在天，此時天道何無權。我思此理不可得，仰面向天心默然。不重氣節重功名，對之能無媿色生。嗟嗟楊公得死所，千載誰與公争榮。衙齋素壁寫新詩，預讖先成絶命詞。當時一咏一太息，至今一讀一泪垂。君不見日月有陰晦，山河有轉移。公之忠貞塞天地，億萬新年無盡期。

讀楊公殉難事略

焦祐瀛

北風颯颯動地起，圍爐坐擁西窗裏。有客遺我尺素書，中言楊公殉節死。展讀未竟毛髮森，寒燈似粟熒熒碧。三復衙齋壁上詩，對此無言情脉脉。俯仰輒欲唤奈何，唾壺擊碎爲長歌。歌不成聲重太息，轉使涕泗交滂沱。吁嗟乎楊公讀書能立志，政績何殊古循吏。忽然變生倉卒中，慷慨從容就大義。我聞公事爲公悲，我思公心爲公喜。人生天地如蜉蝣，縱閱百年旦暮耳。公之氣節誰與齊，太岳崔巍不可躋。公之忠貞誰與儔，汾水湯湯萬古流。

長歌贈楊菊泉明府

王崇綬

嗚呼！慘莫慘于趙城菊泉楊明府，一門骨肉成灰土。天子咨嗟爲動容，恤典褒榮幽憤吐。吟壇更有吟齋翁，濡染大筆昭孤忠。招邀梅社諸吟侶，詩歌流布吹香風。楊侯生作神明宰，去莠扶苗經十載。一腔熱血染黄泉，科名頓覺生光采。奇莫奇于觀城明府陳石生，梅花社裏標詩名。恨余先後未謀面，綬入社時，陳公石生已出仕。談笑擒渠不用兵。楊侯大恨賴君雪，鶻鸛殞首豺狼絶。芬芳列祀十三魂，遺愛追思民哽咽。因斯感觸小子情，痛余伯父爵五公。曾列鷹揚名第一，先爲協鎮後參戎。先伯父榜名鴻儀，中嘉慶辛酉科武進士第一名，歷任四川綏定協副將，因公鐫級部選陝西宜君營參將。蠢爾逆回敢不戢，捧檄提兵妨烏什。力戰身亡巴什河，邊雲愁慘陰魂泣。先伯父提兵妨烏什，值逆夷張格爾犯阿克蘇。伯父帶兵在都齊特台堵禦，力戰三晝夜，陣亡于混巴什河大橋上。蒙恩雖入昭忠廟，埋骨沙場難寫照。一種英風浩氣存，千秋而後誰憑吊。那繹堂制軍奉命西下辦善後事宜，特爲奏聞，奉旨賞祀照忠祠，恩蔭家兄世襲雲騎尉。制軍過阿克蘇，先伯父顯靈謁見，英風颯颯如生前云。人生有幸有不幸，許多忠孝埋名姓。未獲名流賜品題，史書紀載終無定。安得梅花社裏衆詩人，分擘吟箋一幅新。作歌似贈楊明府，同表熙朝死節臣。

短歌行爲趙城楊菊泉明府作

梅寶璐

君不見明季三韓周忠武，寧武關前鏖戰苦。闔室捐軀烈焰中，凛凛丹心照千古。我朝養士二百年，壯節又見楊菊泉。越城小醜起倉卒，一門熱血殷紅鮮。菊泉本是文中豪，豈能操筆如操刀。粘壁曾留絶命句，早將性命輕鴻毛。公何不願生，公生百里留循聲。公何不願死，一死乃見奇男子。雖生亦如死，世間不少闒茸吏。雖死尚如生，太行汾水留芳名。轉眼妖氛如電掃，三百髑髏盡枯槁。跳梁小醜付劫灰，嗚呼急風知勁草。

挽趙城縣楊公全家殉難

鍾景

吁嗟楊公真杰士，一十三人同日死。闔門浴血刀光裏，慘禍古今莫能比。紛紛幺賊蟻衆耳，殺之不足辱刀匕。一旦倉皇揭竿起，蜂蠆肆毒竟至此。此禍公非不能弭，彼蒼有意成公美。俾公不朽垂青史，公果以死報天子。吁嗟楊公真杰士！

趙城楊菊泉明府闔門死節詩以吊之

黄閣

我昔癸酉游古汴，干戈擾擾滑臺亂。城亡與亡有强公，忠魂笑偕香花眷。癸酉秋，滑縣牛亮臣之變，邑侯强克捷闔門死難，時予正客夷梁。函夏無塵二十秋，趙城猝起曹韓變。夜半幺麽紛跳梁，火照山啣紅一片。斯時守土伊何人，楊公延亮長沙貫。十年爲政疾惡嚴，良民愛戴頑民怨。聞變朝服坐琴堂，元凶欲退妖僧煽。温序銜鬚視若歸，一門死媲江東卞。巢覆兼殘掌上珠，蓮花幕血啼鵑濺。事聞天子重咨嗟，優恤褒崇馨永薦。長沙立廟例韓城，奉旨賜恤立祠，悉照强克捷之例。兩地恩榮同巍焕。韓城有子蔭清班，長沙螟蛉延一綫。我念强公嗣續賢，更爲楊公發長嘆。强公死後挂彈章，流言縊死封丘縣。强公之死，有言縊死封丘者。申侍御啓賢，曾奏彈之。楊公一死姓名芳，梅花社裏新詩燦。二公有同有不同，楊也楊也吾無間。

山西趙城楊侯菊泉殉難哀詞

解道顯小亭

國家當承平日久，間有小醜跳梁，其間死事之臣，當時則榮，久或忘之。無他，變不極，名不彰耳。顧其慷慨捐軀，以視板蕩之秋成仁取義者，何多讓焉？若楊侯者，非其人與？于戲，此我朝顯忠之典，所以獨隆千古與。

嗚呼楊菊泉，丹心照萬古。惜哉死于鼠，而不死于虎。嗚呼楊菊泉，可以死則死。曰成仁取義，無愧而已矣。嗚呼楊菊泉，發奸而摘伏。前人俾遺種，子乃飲其毒。夜半鼙鼙撾鼓聲，豕突狼奔鴞集屋。聞變從容整朝衣，慷慨論賊賊驚服。妖僧一呼鈹交胸，肝腦塗地神鬼哭。嗚呼楊菊泉，老母兼弱子。闔門盡焚如，氣不以情餒。罵賊眥欲裂，衝冠髮上指。使汝遇安祿山，汝應爲常山舌；使汝遇令狐潮，汝應爲睢陽齒。從古寇有强弱，變有大小，烈士死事之心無彼此。嗚呼楊菊泉，死而有知否？朝廷褒汝忠，汝死且不朽。不見趙城廟食千萬年，當與滑邑强侯稱并壽。

趙城行

華長卿

冤雲慘澹欃槍墮，妖氛十丈随風簸。夜半驚聞衆鬼號，血光拉雜噴陰火。沅湘秀氣鍾長沙，趙城明府清白家。萑蒲簇簇斬不盡，蔓延藪澤藏虺蛇。何來小醜跳梁起，蘖熖沖天凶莫比。隻手難逃虎狼吞，官衙權作疆埸死。卞母伏劍血模糊，章妻劇試刀痕粗。四男兩女齊飲刃，相携侍婢同奚奴。翩翩書記負戈走，欲救辛官風刺首。峥嶸烈魄十三人，頭顱腐壞名難朽。幽凄鵩鳥不堪聽，碧燐閃爍宵光青。絶命一詩圖畫壁，空庭墨雨吹風腥。令人惋惜古循吏，身喪么麽死不值。盥手重翻駢體文，未曾卒讀先垂涕。荒城突兀山嶕嶢，游魂縷縷何人招。居民萬户齊聲哭，不忍重登豫讓橋。

趙城嘆

馮相芝

彈丸一趙城，竟乃陷忠義。可惜楊公烈，宛轉隨消澌。不然顔常山，傳檄張吾幟。不然來君叔，飲刃囑軍事。暮夜群凶來，束手無所濟。楊公自千古，豈必拼死值。趙城不可化，禽獸又何异。教養十年餘，全家遭搏噬。痛惜甘棠花，春風吹血泪。

聞趙城之亂楊菊泉同年全家被害詩以哀之

高郵夏寶晋慈仲

鬼蜮潛藏患未形，牙孽蔓莚見忠情。千奴共膽謀先結，一夕探丸勢已成。問俗早知民慠上，專城每恨吏無兵。西方不信多傷害，我欲招魂放野聲。

官廨俄驚列炬焚，爾時蟻賊乍紛紛。通塗剽吏城何屬，大府飛書將未聞。倉卒宜防高壁寨，從容待集朔方軍。遥知一舉殲除盡，慰爾英靈望陣雲。

十載論交誼不忘，住經仁部每登堂。夙知有母如□嫗，果願生兒作范滂。白刃當前争就死，板輿入地好扶將。何人此際收殘稿，隻字湏同碧血藏。太夫人有詩稿。

按：『夙知有母如□嫗』句，原文脱第六字。

落落高懷寡俗緣，一官不調歷多年。忠能死事應含笑，禍乃貽親欲問天。毅魄銜恩歆秩祀，殘形入夢輟哀弦。故山猿鶴空相憶，七十二峰淒暮烟。君自號七十二峰樵者。

題趙城楊公菊泉闔門殉難事略後

天津閻履方坦齋

我聞趙城變，未得悉其詳。今見楊公殉難之事略，乃嘆儒吏真昂藏。楊公菊泉趙城令，南宮科第循良政。愛士如愛什襲珍，去惡如去腹心病。群凶切齒思甘心，跳梁竟殞琴堂命。鄉愚切切談龍華，賊髡簧鼓爲一家。畏公持法先反噬，間諜翻借官爪牙。荒村夜半豺狼嘯，縱横雪刃叢官衙。公具公服出公座，諭群賊以宜弃瑕。公氣閑暇，賊益怒如蛙；公詞慷慨，賊益毒如蛇。磨牙吮血，殺人如麻。闔門飲刃血塗地，廨宇一炬成塵沙。謂公識不先，絶命詩題齋壁間；謂公謀不密，賊固自知將伏鑕。天使賊成公令名，官軍一至須臾畢。大府飛章奏九重，天子咨嗟爲動容。

詔以專祠褒乃節，凡與難者從同同。椒漿致祭庶來饗，梟心獍首陳其中。撫軍哭奠庶寮和，哭聲直欲摇霍嵩。此事固將垂國史，萬載千秋公不死。士林嘖嘖已争傳，曰公無愧科名矣。梅社詩人重討論，滌筆撰記瓣香尊。遥襲清風同一拜，梅花社酒奠忠魂。

吊趙城楊令殉難歌 并序

閻履方

楊公延亮，字菊泉，長沙人。癸酉賢書第一，庚辰進士，令趙城。奉檄爲親，衡文愛士。懲奸屏豪猾，嫉惡如鷹鸇。道光乙未三月，邑民曹順以邪教倡逆，韓奇、僧道洪等轉相煽惑，凡數百人。公聞風飭捕，蠢胥黨逆，輸情給公弛備，夜半難作。公朝服升堂，諭利害，衆意瓦解。賊僧露刃，鈹交于身。九口畢殉，賓從罹殃。賊焚署劫獄，旁襲洪洞、霍州，不克。翼日兵集，擒馘略盡，巨魁竄于山東觀城縣被獲。事聞，上哀悼贈恤，視滑令强侯克捷例建祠崇祀，與難皆配享。命中丞錫奠如禮，而磔虜祀之。比有客晋旋返津門者述之甚悉，樹君社長爲識其略而徵詩焉。撫事愴懷，率成長句。

生人有大節，慷慨争一死。或皎如日星，或輕如敝屣。泰山與鴻毛，奄忽判諸此。曩年滑浚煽妖氛，邑侯强令稱神君。變生倉卒殉白刃，闔家忠節長流芬。太息楊公趙城宰，栽花滿縣萊衣彩。清白傳家屈宋才，吟聲四壁依然在。萱堂善咏，長子能文。

賊曹倡逆禍心藏，妖僧蠹蘖同鴟張。搏免未成遭反噬，腥風夜半摧琴堂。金萱玉樹一齊傾，九死拼教不一生。蓮幕無端同殉也，親朋臧獲皆焚阬。大吏飛章星入告……

整理者按：該詩原文未録完全。

後記：詩緣

孫愛霞

丁酉（二〇一七）初春某日，余與青谷兄聊天，感嘆工作壓力大，加之心惰手懶，未能經常寫作詩詞。兀自慨嘆間，忽生一念：起一詩社？遂商之青谷，兄贊可行，并建議社名水西。杜魚兄入社，建議改社名梅花，恢復嘉道年間問津書院雙槐書屋之梅花詩社，社集名曰《梅語》。大家一致贊同，于是乎現代梅花詩社成立。詩社緣起，不能無記，遂填小詞一闋：『百歲年光容易過，文心世道許蹉跎？城南吟社幾曾多。何事東風吹皺起？濯纓滄水意追摩。起爲風雅舊時歌。』青谷與杜魚亦有詩詞爲記。迄今爲止，《梅語》已有十三集，成員涉及江蘇、山東、天津三地學人。

亦是丁酉歲，杜魚兄以複印本《沽上梅花詩社存稿》贈予，并詢問是否有興趣校點整理該詩集。既有與青谷、杜魚成立梅花詩社之前緣，加之己丑年（二〇〇九）因未睹《沽上梅花詩社存稿》真顔而在寫作《天津文學史》明清部分時留下莫大遺憾，如今有幸得以觀瞻前賢風采，品其雅集情味，于某而言，校點此書當然是義不容辭。

猶記彼時翻閱複印本《沽上梅花詩社存稿》時某之興奮心情：相隔兩百年，今日天津亦有爲承續津門風雅而存在之問津書院，更有與問津書院相關之梅花詩社（杜魚兄係問津書院理事長，亦是梅社成員），真乃跨時空之緣也。尤其讀到道光間梅花詩社成立時徐大鏞所作《梅花詩社題詞》，更是難抑激動之心，因其所用詩韵竟爲『五歌』韵：『年來浪迹悵山河，汾水燕雲感若何。縱有西風黄葉在，那堪芳草夕陽多。興偏日減書慵讀，門爲常關客少過。最是增人棖觸處，雙槐對影也婆娑。』與余之記梅花詩社成立所填小詞爲同韵，心下大爲感嘆：巧也，緣也！

《沽上梅花詩社存稿》係清抄本，共二十集，于謄抄過程中多有脱漏，除第十二至十五集闕如外，第九集、第二十集亦不完整，令人遺憾。然雖僅餘十六集，但亦能窺彼時雅集之盛况、成員之性情以及作品之高下，更可想見河海碼頭之于天津文學的影響：南北文化于此交流碰撞，沽上雅文學得以繁榮興盛。今時今日能够拜讀、整理兩百年前梅花詩社成員之作品集，余深感榮幸，不勝欣喜，亦生出一種『千秋遥望何須泪，自有詩中不死心』的感慨。是書之整理歷時兩載，其間獲恩師倪志雲先生支持與幫助甚多，不勝感激！是書之出版得天津古籍出版社與天津市問津書院所助頗多，尤其責編唐艦女士付出很多心力，最終促成該書出版，十分感謝！

清代問津書院、梅花詩社與抄本《沽上梅花詩社存稿》，今日問津書院、梅花詩社與點校本《沽上梅花詩社存稿》，皆因『詩』而結緣，此亦世間最美之因緣！

二〇一九年一月十日

《問津文庫》已出書目（總計九十種另三種）

◎天津記憶

沽帆遠影　劉景周著　五九圓

荏苒芳華：洋樓背後的故事　王振良著　四九圓

津門書肆記　雷夢辰原著／曹式哲整理　四九圓

故紙温暖：老天津的廣告　由國慶著　二八圓

沽上文譚　章用秀著　三八圓

百年留踪：解放橋的前世今生　方博著　三九圓

南市滄桑　林學奇著　七九圓

津沽漫記：日本人筆下的天津　萬魯建編譯　三九圓

憶戕盦：來新夏先生紀念文集　焦静宜編　九二圓

與山河同在：天津抗日殺奸團回憶録　閻伯群編　三八圓

楮墨留芳：天津文化名人檔案　周利成著　三〇圓

布衣大師：允文允武的藝術名家閻道生　閻伯群著　三〇圓

口述津沽：民間語境下的堤頭與鈴鐺閣　張建著　二八圓

大地史書：地質史上的天津　侯福志著　二九圓

丹青碎影：嚴智開與天津市立美術館　齊珏編著　二八圓

立憲領袖：孫洪伊其人其事　葛培林著　三〇圓

津門開歲：徐天瑞日記解讀　王勇則著　五八圓

水産教育家張元第　張紹祖編著　三六圓

八年夢魘：抗戰時期天津人的生活　郭文杰著　二八圓

沽文化詮真　尹樹鵬著　四八圓

圈外談藝録　姜維群著　三八圓

記憶的碎片：津沽文化研究的雜述與瑣思　王振良著　三八圓

水産教育家張元第集　張紹祖編　五八圓

應得的榮譽：女醫生里昂■羅拉·霍華德·金的故事

［加］瑪格麗特著／胡妍譯　三八圓

劉雲若傳論　管淑珍著　四八圓

品報學叢·第四輯　張元卿、顧臻編　五八圓

走近姚靈犀　張元卿、王振良編　五八圓

◎三津譚往

三津譚往·二〇一三　王振良主編　三九圓

三津譚往·二〇一四　萬魯建編　三九圓

三津譚往·二〇一五　孫愛霞編　四八圓

三津譚往·二〇一六　孫愛霞編　五八圓

三津譚往·二〇一七　孫愛霞編　六八圓

◎九河尋真

九河尋真·二〇一三　王振良主編　五九圓

九河尋真·二〇一四　萬魯建編　五九圓

九河尋真·二〇一五　萬魯建編　八八圓

九河尋真·二〇一六　萬魯建編　九八圓

九河尋真·二〇一七　萬魯建編　九八圓

◎津沽文化研究集刊

《雷雨》八十年　耿發起等編　五五圓

陳誦洛年譜　張元卿著　四八圓

碧血英魂：天津市忠烈祠抗日烈士研究　王勇則著　九八圓

都市鏡像：近代日本文學的天津書寫　李煒著　三八圓

天津楹聯述略　李志剛著　三六圓

口述津沽：民間語境下的西沽　張建著　五六圓

口述津沽：民間語境下的西于莊　張建著　一〇八圓

紫芥掇實：水西莊查氏家族文化研究　葉修成著　五八圓

蘆砂雅韵：長蘆鹽業與天津文化　高鵬著　五八圓

王南村年譜　宋健著　七八圓

國術之魂：天津中華武士會健者傳　閻伯群、李瑞林編　七八圓

來新夏著述經眼録　孫偉良編　一九八圓
舉火燒天：天津抗日殺奸團紀事　楊仲達、陶麗著　六八圓

◎津沽名家詩文叢刊

王南村集　王煐原著／宋健整理　六八圓
嚴範孫先生古近體詩存稿　嚴修原著／楊傳慶整理　四八圓
星橋詩存　蘇之鑾原著／曲振明整理　五八圓
退思齋詩文存　陳寶泉原著／鄭偉整理　八八圓
待起樓詩稿　劉雲若原著／張元卿輯注　四二圓
劉大同詩集　劉建封原著／劉自力、曲振明整理　八八圓
碧琅玕館詩鈔　楊光儀原著／趙鍵整理　五八圓
石雪齋詩稿（附遂園印稿）　徐宗浩原著／張金聲整理　六八圓
紫簫聲館詩存　丙寅天津竹枝詞　馮文洵原著／楊鵬整理　八八圓
思闇詩集　華世奎原著／閻伯群整理　三八圓
止庵詩存　周學熙原著／宋文彬整理　一二八圓

沽上梅花詩社存稿　孫愛霞整理　八八圓

◎津沽筆記史料叢刊

嚴修日記（一八七六—一八九四）　嚴修原著/陳鑫整理　一三八圓

桑梓紀聞　馬鴻翱原著/侯福志整理　四二圓

天津縣鄉土志輯略　郭登浩編　九八圓

嚴修日記（一八九四—一八九八）　嚴修原著/陳鑫整理　一二八圓

周武壯公遺書　周盛傳原著/劉景周整理　一二八圓

天后宫行會圖校注　高惠軍、陳克整理　一二八圓

津門詩話五種　楊傳慶整理　七八圓

《北洋畫報》詩詞輯録　孫愛霞整理　一九八圓

◎名人與天津

李叔同與天津　金梅編　六八圓

我與曲藝七十年　倪鍾之著　六八圓